행복한 농장

행복한 농장

발행일	2020년 12월 3일			
지은이	하임			
펴낸이	손형국			
펴낸곳	(주)북랩			
편집인	선일영	편집	정두철, 최승헌, 윤성아, 배진용, 이예지	
디자인	이현수, 한수희, 김민하, 김윤주, 허지혜	제작	박기성, 황동현, 구성우, 권태련	
마케팅	김회란, 박진관, 장은별			

출판등록 2004. 12. 1(제2012-000051호)
주소 서울특별시 금천구 가산디지털 1로 168, 우림라이온스밸리 B동 B113~114호, C동 B101호
홈페이지 www.book.co.kr
전화번호 (02)2026-5777   팩스 (02)2026-5747

ISBN 979-11-6539-480-6 03810 (종이책)   979-11-6539-481-3 05810 (전자책)

이 도서의 국립중앙도서관 출판예정도서목록(CIP)은 서지정보유통지원시스템 홈페이지(http://seoji.nl.go.kr)와
국가자료공동목록시스템(http://www.nl.go.kr/kolisnet)에서 이용하실 수 있습니다.
(CIP제어번호: CIP2020050537)

(주)북랩 성공출판의 파트너

북랩 홈페이지와 패밀리 사이트에서 다양한 출판 솔루션을 만나 보세요!

홈페이지 book.co.kr • **블로그** blog.naver.com/essaybook • **출판문의** book@book.co.kr

행복한 농장

하임 장편소설

동물농장에서 쫓겨난 이상주의자 스노볼이
행복농장에서 못 이룬 그의 꿈을 펼치는데…

북랩 book Lab

목 차

❖· 프롤로그 ·❖

화창하고 맑은 겨울날이었다. 햇빛은 지상의 모든 생명에게 온기를 나누어 주었지만 겨울의 날씨를 이길 수 없었고 낮은 기온과 차디찬 바람이 불고 있었다. 그 속에서 수돼지 한 마리는 정처 없이 길을 걷고 있었다. 돼지는 오래 걸어 체력이 다한 듯 보였고 추운 겨울 날씨에도 땀을 뻘뻘 흘리면서 거친 숨소리로 걸었다. 그 돼지의 이름은 스노볼, 동물농장에서 몸담았지만 자신과 생각을 달리하는 나폴레옹 때문에 동물농장에서 쫓겨났다.

스노볼은 나폴레옹과 함께 동물들을 이끌었다. 그들은 생산은 하지 않고 소비만 하는 인간들을 동물들과 함께해 쫓아내었다. 그리고 빼앗은 농장을 동물들의 농장으로 만들었다. 그는 농장의 많은 동물들을 지키고 싶어 했고 모두가 행복한 농장을 만들려 했다. 그래서 인간들이 다시 농장을 되찾으러 왔을 때도 스노볼은 선두에서 열심히 싸웠다. 동물농장을 지키기 위해서 그는 몸을 아끼지 않았다. 모든 동물들을 평등하게 만들려 일과 음식을 평등하게 배분했고 풍차와 함께 농업 생산을 극대화하여 농장의 부흥을 이끌려 했다. 그러나 그와 함께하던 나폴레옹이란 돼지는 그와 생각이 달랐고 사사건건 그와 반대 의견으로 싸웠다. 그러던 어느 날 스노볼이 만든다는 풍차로 두 돼지의 이견이 생기자 나폴레옹은 몰래 자신이 키운 개들을 데리고 스노볼을 쫓아냈다. 개들은 무섭게 달려들었고 스노볼을 죽이려 했지만 꼬리가 잡히기 전 스노볼은 가까스로 도망쳐 나왔다. 그리고 쫓겨난 스노볼은 이렇게 목적지 없이 걷고 있는 것이다.

스노볼은 자신이 몸을 담았던 동물농장을 걱정하면서 목적지 없이 걷고 있었다. 그는 배고팠고 목도 말랐다. 그러다 강을 발견했다. 물은 맑고 깨끗했다. 스노볼은 바로 머리를 박고 물을 마음껏 마시기 시작했다. 충분한 양의 물을 마셔 목마름은 해결이 되었지만 배고픔은 어찌할 수 없었다. 오랫동안 걸은 스노볼은 피곤을 이기지 못하고 물을 마시자마자 누워 잠에 빠져들었다.

잠에 빠져드는 동안 스노볼은 꿈을 꾸었다. 그는 새로운 농장에서 새로운 동물들과 함께하는 꿈을 꾸었다. 모든 동물들이 함께 일을 하고 같은 양의 음식을 배분하는 평등한 농장에서 그는 동물들을 이끄는 지도자였다. 모두가 마음을 합쳐 하나의 농장을 만들기 위한 노력을 했고 모든 동물들이 스노볼의 생각을 따르고 지지했다. 스노볼은 이상적인 농장에서 열심히 일을 하고 있었고 그곳에서 자신을 위해 소리를 지르는 동물들을 보며 우월감을 느꼈다. 참으로 달콤한 꿈이었다.

얼마나 잠이 들었던 것일까. 스노볼은 이야기 소리에 잠이 깼다. 강 위쪽에서 들려오는 소리였다. 무엇일까? 스노볼은 소리의 방향으로 걸어갔다. 소리의 방향은 강의 상류였고 오르막길 때문에 가는 길은 힘들었지만 구원의 손길을 만나지 않을까 서둘러 소리의 근원으로 찾아갔다. 소리는 그리 멀지 않은 곳에 있었다. 스노볼은 이야기를 하고 있는 말과 소를 보았다. 그들은 물을 마시러 온 것 같았다. 스노볼은 살 수 있다는 희망을 찾았고 그들에게 도움을 요청했다.

"동무들, 반갑소. 지금 내가 있는 이곳은 어디요?"

말과 소는 갑자기 나타난 낯선 동물인 스노볼을 보고 놀랐지만 꾀죄죄한 몰골과 공격을 하지 않을 것이라는 인상을 보고 위협이 되지 않겠다고 생각해 경계심을 낮추었다. 그때 말 한 마리가 나서서 대답했다.

"여기는 행복농장이오. 우리는 행복농장의 동물들이지, 나는 호세라고 하오. 그대는 누구요? 처음 보는 동물인데 어디서 왔소?"

"나는 스노볼이라 하오. 저기 멀리 동물농장에서 오다 보니 여기까지 왔소. 먼 길 걸어오느라 힘이 들어서 그러는데 나를 좀 도와줄 수 있겠소?"

스노볼은 힘과 체력이 모두 없었고 먹을 것이 필요했다. 스노볼은 지금 탈진상태였다. 다행히 심성이 착한 호세는 스노볼을 도와주기로 했다.

"저런, 먼 길 오느라 고생했구려. 어서 우리 농장으로 와서 조금 쉽시다. 조금은 걸을 수 있겠지요?"

"고맙소. 힘들긴 하지만 갈 수 있을 것 같소."

호세와 소는 스노볼을 위해 천천히 걸어서 행복한 농장으로 향했다. 다행히 농장은 멀지 않았고 스노볼은 농장으로 들어갔다. 그리고 눈앞에 펼쳐진 광경에 몹시 놀랐다.

행복농장은 동물농장보다 크기가 2배 이상으로 컸고 그곳에는 많은 동물들이 있었다. 스노볼의 눈앞에서 많은 동물들이 걸어 다니고 있었다. 동물들의 종도 다양했다. 많은 종이 어우러져 살고 있는 농장이었다. 농장의 웅장한 넓이와 그 속에서 움직이는 동물들은 놀라웠다.

입구를 지나온 스노볼은 농장의 중심인 커다란 광장에 있었다. 그의 오른쪽에는 풍차 3대가 위엄을 풍기며 바람과 함께 돌아가고 있었다. 그 앞에는 밭과 같이 보이는 땅이 있었다. 그곳에서는 누군가 밭을 간 듯한 가지런한 땅이 보였다.

왼쪽에는 동물들이 사는 헛간들이 보였다. 헛간의 크기는 모두 달랐다. 입구에서 먼 쪽일수록 그 크기가 컸다. 큰 헛간은 몸집이 큰 동물들이 사용하고 있었다. 가장 입구에서 먼 곳에는 헛간이 아닌 집이 있었다. 집은 그 크기가 엄청났다. 스노볼은 그곳에 얼마나 큰 동물이 살고 있는지 궁금했다.

그리고 광장과 조금 거리가 있는 스노볼의 앞에는 황금빛을 내는 큰 집이 있었다. 그 집은 사람이 만든 것 같은 큰 황금 집이었다. 지붕은 금빛을 띠며 반짝거렸고 기둥은 대리석으로 만들어져 그 웅장함을 알 수가 있었다.

스노볼이 농장을 구경하는 사이 한 토끼의 울음소리가 들렸다. 아기 토끼로 보이는 한 토끼가 울고 있었다. 그리고 옆에는 어머니로 보이는 토끼 한 마리가 아기 토끼를 달래고 있었다.

"엄마, 나도 사료를 사 먹고 싶어요. 맛있는 거 먹고 싶단 말이에요."

아기 토끼는 풍차 앞 사료가 쌓여져 있는 곳을 보며 엄마 토끼에게 부탁했다.

"아이야, 저건 우리 형편으로는 살 수 없단다. 나중에 엄마가 루소를 벌면 사줄게. 대신에 지금은 엄마와 밖에서 다른 것을 먹으면서 살아보자."

엄마 토끼는 아이를 달래며 빠르게 사료로부터 멀어져갔다. 아기 토끼는 사료들을 보며 계속 울었다. 그 소리가 얼마나 크던지 주변 모든 동물들은 그것을 볼 수밖에 없었다. 그리고 스노볼도 마찬가지였다.

"동무, 저게 무슨 일이오? 저렇게 많은 사료들이 쌓여 있는데 왜 아기 토끼가 먹을 수 없는 것이오? 혹시 저 사료는 토끼가 먹으면 안 되는 사료요? 그렇기에는 그저 흔한 사료 같아 보이는데. 왜 먹지 않는 것이오?"

스노볼은 토끼의 상황이 이해가 가지 않아 바로 호세에게 질문했다. 그러자 호세는 어리둥절한 표정으로 스노볼에게 말했다.

"무슨 소리요? 먹으면 안 되는 사료라니? 아마 저 토끼는 루소가 없어서 못사는 것 같소."

"루소? 그것은 무엇이오?"

"그대는 다른 곳에서 와서 우리를 아직 잘 모르는군요. 내가 까먹었소. 여기의 화폐단위는 루소라 하오. 그것으로 물건들을 교환

하며 살지."

호세는 별 것 아닌 듯 지나가며 말을 했지만 스노볼은 대체 이해가 가지 않았다. 그도 그럴 것이 스노볼이 예전에 있던 농장에서는 화폐라는 것을 쓰지 않았던 것이다. 화폐는 인간만이 쓰는 것이 아닌가. 그런데 이 농장에서는 동물들이 그것으로 살아간다는 것이었고 스노볼은 이해가 되지 않았다. 스노볼은 동물들도 생산은 않고 소비만 하는 인간처럼 되는 것이 두려웠다. 선한 동물들이 인간처럼 변하는 것이 잘못되었다고 느꼈다.

스노볼은 혼란스러웠고 자신의 생각을 정리하면서 농장을 둘러보았다. 스노볼이 농장을 신기해하며 둘러보는 사이 소는 자신의 헛간으로 떠났고 호세는 그의 곁을 지키고 있었다. 그러다 스노볼은 호세와 함께 황금 집에 도착하였다. 황금 집을 가까이서 보니 그 크기와 빛나는 집은 더 놀라웠다. 그러나 햇빛을 품에 안은 거대한 창문은 커튼으로 가려졌고 내부를 볼 수가 없었다. 중앙의 큰 황금 집의 옆에는 두 개의 작은 황금 집이 있었다. 그곳은 창문이 열려있어 안을 볼 수 있었다. 왼쪽은 돼지들, 오른쪽은 개들이 모여 있었다. 스노볼이 황금 집을 훑어보는 사이 개들의 집에서 두 마리의 개들이 나왔다. 개들은 스노볼을 경계하며 으르렁거렸고 신원을 밝히라고 했다. 스노볼은 동물농장에서의 개들에 의해 쫓겨난 기억 때문에 그들을 보고 놀랐지만 호세가 스노볼을 안심시켰다.

"무서워하지 말고 잠시 기다리시오. 내가 농장의 최고 돼지를 만날 수 있는지 물어 볼테니."

그리고 호세는 황금 집 앞으로 나온 개들과 대화를 했다. 호세는 차분한 말투로 스노볼을 설명했다. 어디서 왔는지 왜 이곳에 온 것인지 설명하자 개들은 잠시 기다리라고 말하고 황금 집 안에 들어갔다. 들어간 개들은 잠시 뒤에 나오더니 카프가 만나고 싶다며 황금 집 안으로 들였다.

집안은 화려했다. 빨간 카펫이 가지런히 깔려있고 벽은 깔끔했으며 천장 위 높이 있는 샹들리에는 집 안을 밝혀주고 있었다. 샹들리에에서 반사된 빛은 집안을 더욱 빛나게 해주었고 품위 있게 만들어주었다. 빛은 햇빛만큼 강하진 않지만 화려했다. 스노볼은 동물들이 어떻게 이 집을 지었는지 참으로 궁금했고 대단하다는 생각밖에 할 수 없었다. 참으로 아름답고 멋이 있었다. 집의 내부를 보면서 문득 스노볼은 이 집에 누가 살고 있는지 궁금해졌다.

그러던 찰나 돼지 한 마리가 복도 끝의 방에서 나왔다. 그는 스노볼을 반기며 앞에서 여기저기 세세하게 관찰했다. 처음 보는 돼지라 낯설었지만 같은 돼지라는 것에서 동질감이 들었다. 하지만 약간 다른 느낌이 들었다. 스노볼은 회색 돼지이고 그는 갈색 돼지라는 점이다. 스노볼은 호기심이 들었지만 일단 처음 보는 돼지기에 반갑게 인사했다.

"반갑소. 동무. 나는 스노볼이라 하오. 멀리 동물농장에서 왔소. 그대는 누구시오?"

"나는 이 농장을 이끄는 카프라는 돼지요. 많은 동물들을 이끌고 있지. 그들을 지키고 농장을 잘 살게 만드는 일을 하오. 그런데 그대는 어디서 왔소?"

"나는 동물농장이라는 곳에서 왔소. 그곳에서 나 역시 그대처럼 농장을 이끌어가는 동물이었지. 그런데 같이 일을 하던 동무가 나를 배신해 쫓겨나게 되었소. 그래서 정처 없이 떠돌다 여기까지 오게 되었소."

"그렇군. 힘든데 오느라 고생이 많았구려. 같은 동물인데 내칠수 없지. 여기서 살고 싶다면 마음대로 하시오. 음식을 모두 먹고 쉬다가 마을을 둘러보시오."

"고맙소. 그럼 신세 좀 지겠소."

카프는 스노볼에게 음식과 물을 대접했다. 그러면서 동물농장에 대해 궁금한 것들을 물어보고 어땠는지 이야기를 나누었다. 스노볼은 농장은 어떻게 돌아가는지 인간들을 어떻게 쫓아내었는지 설명했다. 카프도 반기면서 행복농장도 인간들을 쫓아내고 새로운 농장을 지었다는 점은 같았다는 점을 상기시켰다. 비록 서로는 다른 농장의 동물이지만 같이 인간을 쫓아내고 농장을 가졌다는 점은 같았다. 공통점을 가진 그들은 신나게 대화를 나누었다. 그러던 중 카프는 스노볼에게 물었다.

"그런데 이제 여기서 살려면 어떻게 하겠소? 그대의 농장에서는 모두 같이 일하고 같이 사는 것 같은데 여기는 조금 다르오. 루소라는 것을 가지고 음식과 집을 사지. 루소가 없다면 그대는 농장에서 살 수 없을 것이오. 루소를 벌기 위해서는 일을 해야만 하오. 일은 마을에 많이 있으니 그들의 일을 도와주고 루소를 버시오. 그렇게 우리 농장에서 살아가면 되오."

스노볼은 행복농장의 방식이 이해가 가지 않았지만 이곳에 왔기에 이곳 방식을 따라야 했다. 행복농장을 떠나서 걸어갈 힘이 들지 않았고 여기가 아니면 앞으로 그가 살 곳은 영영 나타나지 않을 수도 있기 때문이다. 그런 걱정 때문에 스노볼은 이곳에서 정착을 해야겠다고 마음을 먹었다. 그렇기 위해서는 빠르게 이곳 생활을 보고 적응을 해야 했다.

음식과 물은 다 먹었고 이야기를 마친 스노볼은 카프의 집 밖으로 나왔다. 막상 새로운 농장을 맞닥뜨리니 스노볼은 어떻게 해야 할지 막막했다. 호세는 아무것도 모르는 스노볼을 도와주고 싶어 그에게 물어봤다.

"그대는 무엇을 할 수 있소? 어떤 일을 잘 하는가 말이오."

"나는…"

스노볼은 목이 막혔다. 자신이 무엇을 잘하는지 몰랐다. 자신이 이끄는 능력은 되나 여기서 이것이 통할지는 의문이었다. 그렇지만 가만히 있을 수는 없어서 곰곰이 생각한 후 자신의 장점을 말했다.

"나는 말을 잘하오. 또한 동물들을 이끄는 일도 잘하지. 모든 일에 대해 내가 먼저 나설 수 있소."

호세는 당황한 표정을 감추지 못했다.

"그것은 이곳에서 사는 것에 그렇게 도움이 되지 않소. 조금 더 생산적인 일은 없소? 예를 들어, 수레를 끌거나 무언가를 만드는 능력이 좋다던가 말이오. 나의 경우는 물건을 옮기는 일을 잘하지."

스노볼과 호세가 루소를 벌기 위한 생각을 골똘히 하는 중 어디선가 울음소리가 들려왔다. 스노볼은 깜짝 놀라 그 울음소리를 향해 달려갔다. 거기서는 여러 마리의 닭들이 울고 있었다. 그리고 그 앞에는 깨진 달걀이 있었다. 그 달걀의 수는 헤아릴 수 없이 많았다. 무참히 깨져버린 알들을 보고 깜짝 놀란 스노볼은 누구보다 먼저 닭에게 달려갔다. 그리고 어찌 된 영문인지 물어보았다. 닭들은 처음 보는 동물이 와서 어리둥절했지만 곧 자신의 감정을 이야기하기 시작했다

"조금 전이었습니다. 저희는 알을 잘 품고 있었지요. 우리 예쁜 병아리가 나올 것을 생각하면서요. 그러나 갑자기 바람이 세게 불어서 둥지가 넘어졌습니다. 그런데 옆을 지나가던 돼지가 우리 둥지를 보고도 그냥 지나쳤습니다. 둥지는 빠르게 넘어갔지만 돼지는 분명 그 알들을 잡아 구할 수 있었습니다. 그런데 구하지 않았지요. 그래서 저희의 소중한 알들은 모두 부서졌답니다. 돼지가 본 척도 안 하고 지나가다니 참으로 원망스럽습니다. 우리를 지켜주며 이끌어가는 황금 집의 돼지들인데 어떻게 그렇게 할 수 있습니까."

닭들은 흐느끼며 모든 사실을 다 말했다. 울음이 섞인 말이었고 발음이 정확하지는 않았지만 스노볼은 그 감정을 똑똑히 알 수 있었다. 원망과 슬픔 그리고 배신감. 스노볼은 닭들에 대한 연민과 동시에 돼지에 대한 분노를 느꼈다. 그리하여 스노볼은 둥지를 치고 간 돼지를 쫓아가 길을 막고 말했다.

"이보시오. 대체 무엇을 하는 것이오. 당신은 왜 둥지를 잡지 않은 것이오. 충분히 둥지를 잡을 수 있었을 텐데 왜 못 본 척한 것

이오?"

갑자기 길이 막힌 돼지는 당황하고 놀랐지만 스노볼을 무시하고 다시 길을 걸어갔다. 그렇지만 이번에도 스노볼이 돼지 앞에 서서 그의 길을 막았다. 돼지는 옆으로 걸어 그를 지나치려 했지만 스노볼은 그가 움직임을 따라 길을 막았다. 돼지가 오른쪽으로 가려고 하면 스노볼도 오른쪽으로 가고 왼쪽으로 가면 왼쪽으로 갔다. 참다못한 돼지는 화를 내며 말했다.

"그만 좀 합시다! 바쁜 일이 있으니 다음에 이야기합시다!"

스노볼은 돼지의 말을 듣고 더욱 화가 나며 말했다.

"이보시오, 동무. 그걸 말이라고 하는 것이오? 닭들의 소중한 달걀들이 깨졌는데 어떻게 그런 말을 하는 것이오. 저 달걀들은 모두 소중한 존재들이오. 하늘의 별과 같이 반짝이고 작고 예쁜 아이들이란 말이오. 그들을 죽음으로 몰아냈는데 어떻게 그런 말을 한다는 말이오."

"알겠소. 내가 잘못했소. 그러나 나는 지금 바빠 나중에 해결해 드리겠소."

돼지는 이 말을 하고는 얼른 뛰어갔다. 스노볼은 돼지를 쫓아가고 싶었지만 전속력으로 뛰어가는 돼지를 따라갈 수는 없었다. 대신 스노볼은 갈색 돼지라는 것을 기억하고 나중에 다시 한번 보기로 결심했다. 스노볼은 다시 닭들을 향해 돌아갔다. 그리고 닭들을 안아주며 위로했다. 닭들은 눈물을 흘렸지만 스노볼의 따뜻한 말과 품에 안겨 안정을 되찾았다. 소란으로 인해 주변 동물들이 모였고 스노볼의 모습을 보고 다들 박수를 치고 그를 응원했다.

1장

스노볼이 닭들과 함께 있는 사이 주변에 동물들이 모였다. 갑자기 일어난 시끄러운 사건에 동물들은 처음 본 스노볼에 대해 궁금해졌다. 마을을 이끄는 돼지와 같은 종이였지만 선한 미소를 가지고 있었고 색도 달랐으며 동물들을 대하는 태도도 달랐다. 동물들을 방치하고 신경 쓰지 않는 것이 황금 집의 동물들이었지만 스노볼은 동물들을 감싸 주었다. 그렇기에 농장에서 처음 보는 동물이었지만 모두 관심을 가졌고 넓은 광장에 많은 동물들이 모였다.

가장 먼저 모인 것은 안토니오라는 소였다. 호세와 함께 물을 마시다 스노볼을 보았던 소이다. 스노볼에 크게 신경 쓰지 않았지만 갑자기 일어난 큰일에 무슨 일인가 궁금하여 곧바로 광장으로 찾아왔다.

안토니오는 농장에서 가장 힘이 센 수소였다. 그는 밀밭에서 밀을 심고 밭을 가는 일을 하고 있었다. 그 외에도 힘을 쓰는 일에는 언제나 그가 나섰다. 그는 모든 일을 느릿하게 하지만 꾸준하고 열심히 하기에 많은 동물들이 좋아했으며 선한 외모와 인상은 그를 더욱 호감 있게 만들었다. 안토니오는 가장 먼저 밀밭에 나가 준비를 하고 가장 늦게 들어오는 성실한 동물이었다. 그는 늘 "일은 나의 즐거움이지. 나는 나중에 내가 모은 루소로 행복하게 살거야." 라고 말했다. 안토니오는 언제나 미래를 대비하며 현실을 살고 있었다. 또한 많은 동물들과 관계가 원만하고 적당한 루소를 가지고 있어 크게 부족한 것 없이 사는 동물이었다.

곧이어 토끼가 왔다. 엄마 토끼와 아기 토끼였고 그들은 몸집이 작기 때문에 모이는 동물들의 발에 치일 뻔했지만 다리 사이로 요리조리 피해가 맨 앞으로 향했다.

토끼는 총 세 마리가 있었다. 할머니 토끼, 엄마 토끼, 아기 토끼가 함께 살고 있었다. 할머니 토끼는 과거 인간들에 의해 귀 한쪽이 들리지 않는 피해를 입었다. 할머니는 인간에 의한 피해를 입어 힘들어했지만 자신은 괜찮으니 인간과 공존하며 농장이 발전하며 살기를 원했다. 할머니가 원하는 것은 인간의 진심 어린 사과지만 그 인간은 농장으로 찾아온 적이 없었다. 할머니 토끼는 세월이 지나도 기다리고 있었다. 그런 할머니 토끼를 엄마 토끼와 아기 토끼는 잘 부양했고 서로가 서로를 사랑하면서 살고 있었다.

그리고 그 외에도 눈을 크게 뜨고 모인 양들이 모였다. 양들은 농장에서 힘을 쓰는 일은 할 수 없었다. 그러나 그들은 1년에 한 번 털을 깎은 뒤 그것을 팔아 루소를 받고 살고 있었다. 양들의 수는 많아 농장의 모든 동물들이 겨울을 나기에 충분한 양의 털을 제공할 수 있었고 남은 털은 인간 세상에 팔기도 했다.

마지막으로 농장에서 가장 나이가 많은 휴가 나타났다. 휴는 홀로 살고 있는 수컷 염소로 동물들에게 자신의 지혜를 전달하는 동물이었다. 그는 농장을 사랑했다. 농장에 대한 지식과 관심은 동물 중 가장 많았다. 그러나 나이가 너무 든 탓에 힘이 약하고 체력이 달려 일을 할 수 없었다. 그렇지만 농장의 나이가 든 동물을 부양해주는 규율 덕에 살아갈 수 있었다. 규율 중에 농장의 남은 생산물이 있으면 나이가 든 동물들을 부양해야 된다는 것이 있기 때문이다. 휴는 삶에 대한 지혜가 있고 머리가 영민하여 많은 동물들에게 도움을 주었다. 그래서 동물들로부터 존경을 받는 동물이었다.

광장에 모인 것은 모두 다른 동물들이었지만 대부분 마음은 모두 같았다. 스노볼의 행동을 지켜보고 마음의 울림을 받았던 것이다.

스노볼이 닭들을 위로하고 일어서자 모든 동물들은 왁자지껄 모여 스노볼에게 다가가 많은 질문들을 했다.

"그대는 누굽니까? 처음 보는 동물인데 어디서 왔습니까?"

"용기가 정말 대단합니다. 어떻게 그런 행동을 했는지 묻고 싶군요."

"우리 농장의 돼지와 아는 사이입니까?"

너도나도 할 거 없이 스노볼에게 용기에 대해 칭찬을 하고 물어봤으며 친분을 쌓고 싶어 했다. 갑자기 몰려든 동물들을 보고 스노볼은 놀랐지만 한 명씩 차례차례 대답을 해주었다. 언제나 그는 미소를 띠고 친절하게 대답해 모든 동물들의 마음을 사로잡았다. 세세하게 모든 질문에 답변을 하자 스노볼은 기운이 다 빠져 바닥에 주저앉았다. 그리고 스노볼에게 호세가 다가왔다.

"참으로 용감한 행동이었구려. 어떻게 처음 오자마자 그런 행동을 할 수 있는지 대단하오. 참으로 고생했소. 많이 궁금하고 혼란스러운 것이 많겠지만 오늘은 이만 나의 헛간에 가서 조금 쉽시다."

지친 스노볼은 호세를 따라갔다. 호세의 헛간은 그렇게 멀지 않았기에 스노볼은 다행이라 생각했다. 그곳에서 호세는 스노볼에게 농장에 대해 말해주었다. 먼저 호세는 스노볼에게 동물농장에 대해 알려달라 말했다.

"그대의 농장에 대해 알려줄 수 있겠소? 그래야 나도 차이점을 알고 우리 농장에 대해 이야기를 하지."

스노볼은 자신이 몸담았던 동물농장에 대해 자세하게 알려주었다. 존스 씨의 농장에서 학대받고 산 동물들이 힘을 모아 존스 씨를 몰아낸 것. 그 뒤로 동물농장을 만들어 모두가 학대받지 않고 같이 일하고 같은 양의 음식을 먹으며 평등하게 사는 것.

"특이하구려. 우리와 비슷하지만 어느 정도 다른 점이 있소. 먼저 동물들이 주인이라는 것이 같다는 것이오. 그러나 그것을 제외하고는 모든 것이 다른 것 같소. 이곳은 루소라는 것으로 돌아가는 농장이오. 인간들과 우리 농장의 화폐단위이지. 루소를 가지고 있으면 집과 음식은 물론 그 외에 가지고 싶은 것을 모두 살 수 있지. 종이와 솜으로 만들어진 루소만 있다면 편하게 여기서 살 수 있소. 루소를 많이 가졌다면 충족히 살고 적게 가졌다면 물건 가지는 것에 제한을 받지. 그렇기에 가지지 못한 동물들은 벽을 느낄 때가 있소. 다행히 나 같은 경우는 적당히 일을 하여 어느 정도 먹고살 정도의 루소를 벌기는 하오. 그러나 그렇지 않은 동물들도 있지."

스노볼은 흥분해서 벌떡 일어나 호세에게 물었다.

"무엇이오? 어떻게 동물들이 차별이 있단 말이오? 모두가 평등한 동물인데 루소로 차별이 생기다니. 루소가 많은 동물들은 적은 동물들과 같이 나누어야 평등이 실현될 텐데 그렇지 않다는 것이 아니오? 그 루소라는 것은 참으로 사악한 것이구려. 루소가 없는 동물들은 먹을 것도 먹지 못하고 살 집도 없다는 것인데 이는 말이 되지 않소. 그들을 그렇다면 어떻게 살아간단 말이오? 도대체 농장은 어떻게 나아간단 말이오? 도대체 그 루소는 무엇이오? 자세하게 알려주시오."

호세는 흥분한 스노볼을 진정시키고 다시 말했다.

"진정하시오. 모든 동물들이 다르듯 루소를 가지는 것도 차이가 있소. 우리는 보통 제이에게서 루소를 받소. 제이는 풍차의 주인이지. 그리고 제이는 풍차에서 많은 일을 한다오. 안토니오가 수확한 밀을 밀가루로 만들고 그것을 내가 끌고 가 인간 세상에서 판매하지. 그러면 제이는 루소와 농장의 식량을 사온다오. 그러면 함께 일한 나와 안토니오는 식량과 루소를 받는 것이지. 그렇게 우리 농장은 힘차게 돌아간다오. 물론 풍차에서 일하지 않는 동물들도 있지. 닭과 토끼 그리고 양들이오. 닭들은 알을 팔고 토끼는 야생에서 발견한 싱싱한 채소를 팔고 양들은 털을 팔아 루소를 받소."

호세는 놀란 스노볼의 얼굴을 보고 잠시 쉬었다. 스노볼이 어느 정도 농장에 대해 지식이 정리가 되었다 싶을 때 그는 다시 농장에 대해 설명했다.

"이제 어느 정도 농장이 돌아가는 것을 알겠지요? 그렇다면 이제는 농장을 이끄는 동물들에 대해 알아봅시다. 농장은 대개 돼지들이 이끄오. 머리도 좋고 농장의 일에 열심히요. 그들은 농장의 황금 집에 살면서 생각을 하고 농장을 위하는 일을 한다오. 그대가 아까 보았던 농장의 최고 돼지인 카프가 광장으로 나와 농장의 상황에 대해 이야기하고 문제가 생기면 그에 대한 해결책을 제시해주기도 한다오. 농장에 있는 규율에 따라 일을 하며 필요하다면 기존의 규율을 없애거나 새로운 규율을 만드오. 그러면 그때부터 우리는 그에 따라 행동을 해야 하오. 카프는 돼지와 함께 일을 하지만 옆에 개들도 함께 모여 일을 한다오. 개들은 주로 농장을 지키는 역할을 하지요. 규율을 어기거나 동물로서 도저히 할 수 없는 행동을 한 동물을 잡아 농장에서 내쫓는다오. 개들은 늘 정의를 따르고 농장을 조금 더 공정하게 이끌려고 한다오."

스노볼은 호세의 이야기를 듣고 뭔가 이상하다는 생각이 들었다. 스노볼이 생각을 좀 더 하기도 전에 호세는 말을 이어갔다.

"아! 또 하나 말하지 않은 것이 있소. 농장의 입구에서 뒤편으로는 가지 마시오. 그곳에는 위험하니깐."

"어떤 위험이 있소? 절대로 가면 안 되는 곳입니까?"

"그곳에는 큰 멧돼지 무리들이 살고 있는 곳이라오. 벽을 기준으로 그들과 우리의 땅이 나뉘어지지. 그러므로 농장의 뒷벽을 넘어

가지 않으면 괜찮지만 그래도 가끔 그들이 우리에게 피해를 줄 수 있다오. 그들은 정말로 무서운 동물들이지. 모든 것을 공개하지 않고 가까이 오는 동물은 공격을 하니 위험한 무리들이오. 그렇기에 그들의 생각은 예측할 수 없고 어떤 행동을 할지 아무도 모른다오. 그러니 부디 조심하시오."

스노볼은 행복농장의 규칙에 대해 생소했고 어려웠으나 지내보면서 조금 더 알아보기로 마음먹었다. 스노볼은 이곳 생활을 겪어보기로 했고 행복농장에 대해 조금 더 알아보기로 했다.

2장

 스노볼이 행복농장에 온 지 한 달이 지났다. 그동안 스노볼은 영특한 머리와 언변으로 동물들 사이의 분쟁을 조정하고 서로에게 합리적인 결과로 나아가게 만들었다. 그러면 그 보답으로 루소와 음식을 받으면서 생활을 했다. 스노볼은 모든 동물들에게 선한 미소를 보여주고 친절을 베풀었다. 그렇게 동물들로 하여금 자신을 믿게 하였고 자신의 입지를 키워나갔다. 그렇게 그도 이제 어엿한 행복농장의 동물이 되어가고 있었다.

 호세는 스노볼을 잘 도와주었고 그 덕분에 스노볼은 농장에서 잘 적응할 수 있었다. 며칠 전에는 양들이 성스럽게 여기는 검은 양 동상에 크게 인사를 했다. 검은 양은 양들 사이에서 전설이었다. 그를 늘 동경하고 이상적으로 생각하는 양들에게 스노볼은 자신이 검은 양의 정신을 이어받았기 때문에 검은 양의 입장을 대변하겠다고 했다. 열변을 토하며 검은 양을 숭배하는 스노볼은 양들의 마음을 움직였다. 스노볼은 검은 양이 누구인지 몰랐고 왜 양들이 검은 양을 좋아하는지 몰랐다. 그러나 매일 검은 양을 위한 존경심을 표하는 스노볼은 이제 검은 양을 대변하는 동물이 되었다. 스노볼은 부활한 검은 양이 되었다. 양들은 스노볼에게 충성을 다했고 그의 앞날에 큰 도움이 되었다.

이렇듯 농장에는 스노볼을 좋게 바라보는 동물들이 많았다. 닭은 농장에 오자마자 도와준 동물들이다. 그들은 알을 낳아 동물들의 식량을 주고 배를 불리는 동물들이지만 처우는 열악했다. 인간이 쓰는 닭장-좁고 비좁아 닭 하나가 겨우 들어가는-에서 알을 낳으며 루소도 많이 받지 못하는 동물들이다. 그렇지만 최근 스노볼이 도와주고 이야기를 잘 들어주었기 때문에 닭들에게 스노볼은 친숙한 동물이었었다. 닭들은 가끔 자신이 낳은 알을 스노볼에게 주기도 하면서 보답했고 그것은 스노볼의 양식이 되었다.

토끼 역시 스노볼을 좋아하는 동물이었다. 스노볼이 처음 보았던 엄마 토끼와 아기 토끼. 그리고 그들의 위에는 할머니 토끼가 있었다. 토끼들은 작고 약해 농장에서 영향력이 없었다. 그렇지만 선한 심성을 가지고 있었고 동물들과 원만하게 지내어 동물들과의 관계는 좋은 동물이다. 그러나 농장에서 생산적인 일은 할 수 있는 것이 없어 주로 남는 사료나 농장 밖에서 나는 풀들을 먹었다. 그리고 가끔 신선한 야채를 발견하면 농장에서 루소를 받고 팔기도 했다.

할머니 토끼의 경우 과거 인간들의 괴롭힘으로 인해 귀의 한쪽이 들리지 않았다. 술에 취한 인간이 할머니 토끼를 보고 귀를 잡고 괴롭히다 할머니 토끼는 한쪽 귀가 들리지 않게 되었다. 그 여파로 인해 할머니 토끼는 과거의 피해로 하루하루 힘들게 살아가고 있었다. 그렇지만 토끼 가족은 서로서로 힘이 되어주며 열심히 꾸준히 일을 하여 나이가 들었을 때 편하게 살 수 있도록 노력하는 동물들이었다. 스노볼은 토끼들에게 친절하게 대하고 그들과 편하게 대화를 했다. 그리고 자신이 큰집에 들어간다면 그들을 도와줄 것이라는 이야기도 했다. 또한 할머니 토끼를 위해 대책을 세워주겠다고 했다. 귀가 큰 엄마 토끼와 아기 토끼는 스노볼의 말을 잘 경청할 수 있었고 그의 말을 모두 이해하고 지지했다. 할머니 토끼는 그저 지켜보고만 있었다.

대부분의 동물은 스노볼을 좋아하고 많은 도움을 주었지만 그와 맞지 않는 동물들도 있었다. 바로 갈색 돼지들이다. 갈색 돼지들은 모두 황금 집에 살고 있었는데 그들은 스노볼을 좋아하지 않았다. 동물들이 자신들을 좋아하고 지지해야 하는데 스노볼을 더 좋아해 자신의 입지가 떨어지는 것에 대한 위협이 들었고 모든 동물들이 평등하게 산다는 생각하에 많은 루소를 가지거나 황금 집에 사는 동물들을 싫어했기 때문이다. 스노볼이 이와 같이 동물들을 이끈다면 자신의 자리를 위협할 것이라는 생각이 들었기에 스노볼을 탐탁지 않게 보았다.

마을의 염소 '휴'도 스노볼을 좋아하지 않았다. 휴는 모든 동물이 평등하다는 생각에는 동의하나 스노볼이 위험하다는 생각을 느꼈다. 스노볼은 과정의 평등보단 결과의 평등을 추구했다. 또한 평등을 실현할 방법을 제시하지 않았기 때문이다. 모든 동물들이 평등해야 한다지만 그것을 어떻게 만들 것인지에 대한 말은 들어보지 못했다. "오직 평등하자."라는 말만 했다. 또한 그는 늘 웃는 표정을 짓고 있었다. 세상에 어떤 동물이 매일 웃고 있는다 말인가. 무표정도 있고 슬픔도 있을 것인데 스노볼은 표정의 변화가 없었다. 그리고 매일 동물들의 이야기는 듣지만 자신의 이야기는 한 적이 없었다. 자신의 이야기는 그저 "모든 동물들은 평등하다." 뿐. 휴는 스노볼의 마음속을 알 수 없었다.

고양이 제이 역시 스노볼에 대한 호감이 없었다. 제이는 마을에서 가장 부유한 고양이였다. 그리고 스노볼이 본 가장 큰 집의 주인이었다. 제이는 풍차와 밭을 가지고 있고 그 속에서 인간들과 교류를 하며 살고 있었다. 밀가루 생산의 중심적인 역할이며 농장에 전기를 공급하는 중요한 역할이었다.

그러나 제이는 스노볼이 자신의 풍차를 교활한 표정으로 보는 것 같이 느끼고 있었다. 그리고 언제나 동물들에게 자신이 가진 부는 불평등하고 자신을 적이라고 생각하라고 하는 것이다. 루소를 많이 가진 동물을 대우하고 그들과 같이 되도록 노력을 해야 한다고 생각을 하는 제이였으나 스노볼은 자신을 적으로 대우하고 있었다. 스노볼은 자신의 부를 빼앗아 가난한 동물들에게 나눠준다고 했으나 제이는 알고 있었다. 권력을 가진 동물은 자신의 부를 나누지 않고 본인이 가질 것이라는 것을. 그것에 대한 두려움이 들었고 제이는 어떻게 자신의 루소를 지킬지 매일 고민했다.

안토니오는 스노볼에게 적대적이지도 호의적이지도 않았다. 그는 매일 공장에서 무거운 짐을 들고 일하느라 관심을 쓸 여유가 없었다. 그 역시 적당한 양의 루소를 가지고 있었으나 멈추지 않고 계속 일을 했다. 매일 공장이 돌아가는 시간에 제일 먼저 나가 일을 하고 가장 늦게 공장을 나왔다. 그의 일에 대한 열정은 상상을 초월했고 주변 동물들은 그가 쓰러지지 않을까 걱정했다.

스노볼과 함께 사는 호세는 스노볼에 대해 지지는 했지만 너무나 급진적이어서 그의 생각을 따라갈 수 없었다. 스노볼은 농장에 대해 많은 규율이 잘못되었다고 말하고 이를 바꾸기 위해서는 자신이 노력해야 된다고 했다. 루소가 일의 차이에 따라 지급된다는 것은 스노볼로서는 이해가 되지 않아 호세가 설명을 했으나 지속적인 설명도 스노볼을 이해시키지는 못했다. 그래서 스노볼은 이 모든 것을 개혁한다며 호세에게 지지를 부탁했다. 호세는 일단 알겠다고 대답을 했다. 호세는 스노볼이 농장을 크게 바꿀 것이라 생각했으나 그것이 좋을지 나쁠지는 알 수 없었다.

농장에는 큰 동물만 있는 것은 아니었다. 작은 쥐들도 살고 있었다. 그들은 여러 헛간을 돌아다니면서 남는 먹이를 먹었다. 몸집이 크지 않기에 적은 양의 음식으로도 배를 채워 동물들의 남은 먹이는 그들이 먹었다. 쥐들은 어느 헛간이든 갈 수 있었다. 심지어 황금 집으로 들어갈 수도 있었다. 동물들이 황금 집을 들어가기 위해서는 개들의 허락을 받아야 하나 쥐들은 쥐구멍으로 들어갈 수 있었다. 그래서 황금 집에서 일어나는 일을 동물들

에게 알려주기도 하였다. 쥐들이 황금 집 일에 대해 속속히 알려
줌에도 황금 집 동물들은 쥐들의 행동에 제한을 두지 않았다.
동물들의 알 권리이기 때문이다.

3장

　　스노볼은 농장에 대해 잘못되었다고 계속 느끼고 있었다. 동물 간의 차별은 그가 인정할 수 없는 것이었다. 모든 동물은 평등한 것이 아닌가? 그러나 루소로 인한 차별은 모두 당연하다고 생각하는 듯했다. 스노볼은 이 사실을 이해할 수도 없고 받아들일 수도 없었다. 그래서 자신이 나서서 이 농장을 바꿔야겠다고 생각했다. 그러기 위해서는 일단 그는 황금 집에 들어가야 했다. 그곳은 농장을 이끄는 돼지들이 모여있었다. 농장의 모든 것을 신경 쓰고 관리할 수 있는 곳, 자신의 마음대로 농장을 이끌 수 있는 곳. 그곳에 들어가기로 했다. 그렇지만 당장 들어가기에는 어려웠다.

　　황금 집은 농장에서 머리가 영특한 돼지들과 나쁜 동물들을 잡는 개들로 이루어져 있다. 황금 집은 세 부분으로 나누어진다. 중

앙에 최고 돼지, 양옆에 돼지들과 개들로 이루어져 있다.

최고 돼지는 돼지들의 의견을 듣고 농장을 변화시키는 역할이었다. 또한 개들 중 우두머리를 정할 수 있는 농장의 가장 높은 동물이다. 농장의 모든 일을 관리하고 책임지며 행동하는 동물이다. 그리고 모든 일에 대해 광장에 나가 단상 앞에서 동물들에게 농장의 중대한 일을 알려주는 역할을 한다.

돼지들은 최고 돼지에게 의견을 주고 우두머리 개에 대해 평가하는 동물들이다. 돼지들은 대게 농장에 대해 관리하고 좀 더 부유하게 살 수 있도록 하는 일을 했다.

개들은 농장에서 규율을 어기거나 도덕적이지 않은 행동을 하는 동물을 쫓아내어 질서를 지키는 동물이다. 개들은 어느 곳에도 속하지 않고 누군가의 밑에서 일하는 것이 아니라 정의의 편에 섰기 때문에 도덕적이지 않은 모든 동물을 농장에서 쫓아낼 수 있었다. 비록 그것이 황금 집의 동물일지라도. 막강한 권력을 가진 개들에게는 그 누구도 함부로 할 수 없었다.

농장은 그렇게 세 부분의 조직으로 돌아가고 있었다.

스노볼이 농장을 바꾸기 위해서는 황금 집으로 들어가 최고 돼지가 되어야 했다. 그러나 그 자리를 꽉 쥐고 앉아있는 돼지들을 몰아내기는 힘들었다. 또한 자신을 지지하는 동물도 없었다. 호세가 그와 같이 살고 있었지만 그가 자신과 함께 행동을 할 수 있는지는 미지수였다. 그래서 스노볼은 기발한 생각을 했다. 스노볼은 농장 동물들이 자신을 지지하도록 행동했다.

스노볼은 농장의 동물들이 돼지들에게 크게 신경을 쓰지 않는 것을 알았다. 동물들은 매일 일을 하느라 황금 집에 대해서는 신경을 쓰지 않았다. 돼지들에 대해 크게 관심을 가지지 않는 동물들에게 스노볼은 관심을 가지도록 유도했다. 동물들이 돼지들에게 관심을 가지게 하는 방법은 동물들이 그들의 불합리한 행동을 알게 하는 것이었다. 분노와 증오는 동물들을 열광하게 하기 때문이다.

황금 집에 사는 돼지들은 동물들 모르게 자신들의 배를 배불리고 있었다. 스노볼이 황금 집을 매일 세세하게 관찰하며 알게 된 사실이었다. 황금 집에는 농장의 창고가 있었다. 창고에는 동물들이 매년 주는 루소와 음식들이 있었다. 그들은 이것을 세금이라 불렀다. 농장을 이끄는 일을 하는 돼지와 개들에게 주는 것이며 가끔 농장에 큰일이 닥치거나 정말 중요하게 황금 집이 나서야 할 때가 있으면 창고의 물자로 농장을 올바른 방향으로 이끈다. 이 세금은 공정하게 이용되고 농장을 위해 사용되어야 하는 것이었다. 그러나 몇몇 돼지들은 몰래 창고에 가서 루소를 가지고 나오는 것이다. 농장에서 창고를 열어 그 속의 물건을 쓰기 위해서는 농장의 동물들에게 공개를 하고 허락을 받아야 하나 돼지들은 비공개로 훔친 것이다. 스노볼은 도둑질을 하고 있는 돼지들을 발견하고 모든 동물들에게 알리기로 했다.

스노볼은 광장에 나가 꽤액하고 시끄러운 소리를 내며 동물들의 주목을 끌었다. 갑자기 소리를 내는 스노볼로 인해 모든 동물들의 시선이 집중되었다. 스노볼은 앞발을 들어 조용한 상태로 만들고 연설을 시작했다.

"동무들, 동무들이 열심히 일을 하는 사이 농장의 돼지들은 그대들을 속이고 있소. 동무들이 돼지들에게 자신이 번 것을 세금이라는 것으로 내어 농장을 위해 일하라고 하는 것이 아니었소? 그러나 농장을 위해 써야 할 루소들이 돼지들의 배를 불리는 것에 사용되고 있소. 그리고 자신이 가져간 것은 동무들에게 알리지 않고 가져가는 행위를 하고 있소. 그들은 동무들이 모두 잠든 새벽 시간에 창고로 찾아가 몰래 루소를 가져온다오. 나는 지난 일주일 동안 그들의 만행을 모두 보았소. 이를 어찌하면 좋소이까? 나는 이에 대해 카프가 대책을 세워야 한다 생각하오. 나의 생각에 동의한다면 모두 크게 소리를 질러 카프를 불러냅시다."

스노볼은 돼지들의 도둑질에 대해 자세히 설명했다. 그들이 언제 훔쳤는지 어떻게 얼마나 많이 훔쳤는지 모두 말했다. 이 설명은 동물들로 하여금 돼지들에 대한 분노를 불러일으켰다. 자신이 열심히 해서 번 루소를 돼지들이 가로채다니. 동물들은 믿었던 돼지들에 대한 배신감에 가득 찼다. 그래서 스노볼의 말대로 이 상황을 해결해야 한다는 생각이 들었다.

양들이 가장 먼저 소리를 외쳐댔다. 이 소리를 시작으로 모든 동물들이 양들을 따라 크게 울기 시작했다. 모든 동물들이 고함을 지르고 있었다. 그 소리는 지금껏 농장에서 들어볼 수 없었던 가장 큰 최초의 외침이었다. 놀란 돼지들은 광장으로 와 이 상황을 보았다. 동물들은 꼬꼬댁, 메에에 거리며 고함을 질렀고 그 상황은 아비규환이었다.

처음 보는 동물들의 행동에 당황한 돼지들은 아무 말도 못하고 그 자리에서 얼어버렸다. 그리고 갑자기 모든 동물들이 돼지들을 향해 돌진했고 놀란 돼지들은 황금집으로 도망가버렸다. 동물들이 화를 가라앉히지 않은 상황에서 스노볼은 말을 했다.

"동무들, 그대들의 용기에 박수를 보내오. 동무들의 행동은 돼지들이 좀 더 경각심을 가지게 하고 농장을 조금 더 정의롭게 바꿀 것이오. 우리는 이것을 '시위'라고 부릅니다. 시위는 여러분 모두의 생각을 표현하는 좋은 수단이지요. 우리는 이러한 시위를 많이 해서 저 돼지들을 혼내주어야 합니다. 나는 모든 동무들을 칭찬하고 용기 있다고 말하고 싶소."

스노볼의 말은 동물들 마음속에 있는 열정을 불붙였다. 자신이 잘하고 있다는 뿌듯함과 성취감을 불러일으켰고 자신들도 할 수 있다는 용기를 얻었다. 더욱이 농장의 주인이 자신인 듯한 느낌이 들었다.

이 사건을 기준으로 스노볼의 돼지 몰아세우기는 더욱 박차를 가했다. 스노볼은 이제 저번 닭들의 둥지 사건을 동물들에게 각인 시켰다. 그 돼지가 닭들을 구할 수 있었는데 구하지 않은 것은 참으로 나쁜 행동이라고 말했다. 그때 그 돼지는 왜 보고도 구하지 않은 것이지, 그때 달걀을 보지 않고 무엇을 보고 있었는지 대답을 요구했다. 많은 동물들도 그에 대해 공감했다. 닭들은 스노볼이 자신들을 위해 열변을 하는 것을 보고 감사한 마음이 들었다. 스노볼에 대한 닭들의 믿음은 더욱 커져 그들은 스노볼에게 더 많은 양의 달걀을 주었다.

그 후로 스노볼은 이번에는 좀 더 자극적으로 사건을 만들었다. 돼지가 일부러 둥지를 쓰러뜨렸다는 것이다! 심지어 그 돼지가 그렇게 한 이유는 카프의 계략이라고도 했다!

스노볼의 전략은 참으로 훌륭했다. 많은 동물들이 스노볼의 말을 믿은 것이다. 그것이 사실인지 아닌지는 중요하지 않았다. 스노볼이 강력하게 말한 내용은 동물들의 가슴에 깊숙이 파고들어 깨지지 않는 진실이 되었다. 광장에서 양들은 가장 큰 소리를 내어 돼지들을 비판했고 그 뒤를 이어 토끼와 닭도 양의 목소리에 따랐다. 휴와 안토니오는 그저 이를 바라만 보고 있었다. 안토니오는 자신과 상관이 없는 이 상황에 대해 관심이 없었고 휴는 상식적으로 말이 안 된다고 느꼈기 때문이다. 돼지들이 왜 둥지를 넘어뜨려 알을 깨뜨린다는 것인가? 휴는 이것을 이해할 수 없었다.

스노볼의 말은 자극적이고 달콤해서 동물들로 하여금 믿게 만들었다. 야생의 동물들이 상대를 물어뜯는 것을 좋아하듯 스노볼은 매일 회색 돼지의 비판 거리를 던져주었다. 그리고 스노볼은 매일 같이 돼지들이 나쁘다며 말을 했다. 그러자 이제는 관심이 없던 안토니오의 마음속에도 약간의 의심이 피어올랐다. 저렇게 열심히 말하는 것은 사실이 아닐까 하는 생각이 들었다. 거짓을 반복하니 의심이 피어오르고 의심은 확신이 되어 진실이 되었다. 스노볼은 그것을 알고 있는 듯했다.

스노볼은 둥지 사건 이후로 새로운 이야기를 하기 시작했다. 스노볼은 동물들에게 매일매일 불평등에 대해 교육시키고 분노와 증오를 심었다. 그리고 이 불평등은 돼지와 루소를 많이 가지고 있는 동물들 때문이라고 교육했다.

"동무들, 그대들이 가난하게 사는 이유는 모두 루소를 많이 가진 동물 때문이오. 그들의 행태를 보시오. 비록 그대들만큼 열심히 일하지는 않지만 그저 풍차의 주인이라며 많은 루소를 가지는 제이를 보시오. 저것이 평등입니까? 그리고 황금 집에서 사는 동물들을 보시오. 저 동물들은 몸을 쓰는 고된 일을 하지는 않지만 많은 루소를 가져가고 있소. 심지어 창고의 루소까지 몰래 가져가지. 나는 이것을 바꾸어야 한다고 생각하오. 우리가 번 루소는 다 같이 함께 나누고 음식도 모자람 없이 같이 먹어야 한다고 생각하오."

루소가 많은 동물들의 모습과 적은 동물들을 자세하게 묘사하면서 박탈감을 느낀 동물들은 스노볼의 말에 공감이 갔다. 그들은 이제 스스로 불평등을 느꼈다. 분노가 그들 마음속에 파고들었다. 그러는 사이 스노볼은 자신이 황금 집에 들어간다면 모두에게 동물권을 부여하기로 약속했다. 그 동물권은 모두가 따뜻하고 안전한 집을 가질 수 있는 능력, 모두가 굶주리지 않을 능력이었다.

많은 동물들이 스노볼의 생각에 동의할 때쯤, 스노볼은 양들을 데리고 나왔다.

"갈색은 나쁘고, 회색은 좋다! 갈색은 나쁘고, 회색은 좋다!"

양들은 계속해서 외쳤고 어느 정도 양들이 조용해졌을 때 스노볼은 같은 연설을 했다.

"여러분은 매일 갈색 돼지로 인하여 가난하게 살아왔습니다. 루소가 적다고 동물 취급을 못 받는 것은 말이 안 됩니다. 우리는 이것을 바꿔야 합니다. 동물 여러분, 저를 따르십시오. 행복한 농장을 만들겠습니다."

스노볼의 목소리는 우렁찼다. 그리고 강한 의지가 보였다. 동물들은 스노볼의 말에 매료되었다. 루소가 없어 가난한 동물들은 스노볼에게서 희망을 보았고 부유한 동물들은 정의를 보았다.

스노볼은 보았다. 동물들의 눈빛이 변한 것을. 동물들은 스노볼을 믿는다는 반짝이는 눈빛을 지녔고 그의 말을 집중해서 들었다. 스노볼과 동화된 동물들은 그의 말에 빠져들었고 스노볼이 주입한 억울함과 분노를 곱씹었다. 양들은 매일같이 계속해서 '갈색은 나쁘다'를 외치고 있었고 결국 동물들은 갈색이라는 단어를 좋지 않게 보게 되었다. 그저 색을 의미하는 갈색이라는 단어는 갈색 돼지와 합쳐져 동물들의 머릿속에 입력되었고 그 갈색 돼지의 불합리함을 매일 비판하는 이야기를 들은 동물들은 갈색도 나쁘게 보았다. 갈색은 동물들의 생각을 지배했다. 갈색은 그렇게 나쁜 단어가 되었다. 그와 반대로 회색은 좋은 단어가 되었다.

스노볼이 동물들에게 많은 지지를 받자 황금 집 속의 몇몇 갈색 돼지와 개들은 스노볼과 함께하기로 했다.

그를 도와준 돼지 중 가장 열심히 한 것은 '미'라는 암돼지였다. 그녀는 스노볼에게 가장 충실하고 열정적이었다. 그리고 그녀의 말은 동물들의 마음을 움직일 수 있었다. 그녀의 한 마디면 농장 동물들은 동요했다. 그녀는 매일같이 파격적인 말을 했다. 동물들 사이의 루소를 없앤다, 루소에 따른 차이를 없게 한다. 기존이 질서를 파괴하는 획기적인 말로 동물들에게 인기를 얻었다. 그 말들은 참으로 매혹적 이었다. 동물들은 홀린 듯 그녀의 말에 빠져들었고 행복한 농장을 상상했다. 그러나 미의 말에는 구체적인 설명이 없었다.

농장의 불합리함을 알고 스노볼을 도운 개들도 있었다. 에이미라는 암컷 개와 로키라는 수컷 개였다. 에이미는 개들의 우두머리였고 로키는 그 뒤로 가장 높은 동물이었다. 가장 강한 개인 에이미는 황금집을 나오고 스노볼에게 충성을 다했다. 그러자 로키도 황금 집을 나와 에이미와 함께했다. 로키는 평소 늘 정의를 따랐고 돼지들이 창고의 물건을 훔친다는 것에 불합리함을 느끼고 있었다. 그러나 뻔뻔하게 거짓말을 하는 돼지들 앞에서 그는 수사를 제대로 할 수 없었다.

로키는 불의가 생기면 가장 먼저 달려가 해결해주는 정의로운 개였다. 그는 스노볼과 함께 조금 더 정의로운 농장을 만들고 싶었다. 그래서 스노볼과 함께 하게 되었다.

그 외 그들의 밑의 개들은 우두머리를 따라 스노볼과 함께 했다. 황금 집에는 이제 개들이 없었다.

많은 돼지들과 개들은 황금 집을 나왔고 스노볼과 함께 했다. 대세를 따른 것이다. 황금 집의 모든 것을 내려놓고 나온 돼지와 개들이기에 스노볼과 함께 하는 것은 그들의 모든 것을 걸고 성공시켜야 하는 것이었다. 그들은 자신을 정의라고 불렀다. 정의의 여신이 그들의 길을 밝혀줄 것이고 악마만이 그들의 길을 방해한다고 했다.

처음 돼지들과 개들은 아무것도 없는 상황에서 시작했다. 그들이 황금 집에서 나올 때 아무것도 들고 오지 않았기 때문이다. 빈곤 속에서 그들은 참으로 힘든 나날을 보냈다. 대신에 그들은 의리로 함께했다. 힘든 환경 속에서 함께한다는 소속감은 그들을 더욱 끈끈하게 만들어주었다. 아무리 힘든 상황이라도 그들에게는 서로가 있었고 서로를 절대 놓지 않을 거라는 다짐도 했다. 세상의 그 어떤 고난도 그들을 떼어내지는 못할 것이다. 서로가 서로를 감싸 주고 더 나은 방향으로 나아가게 할 것이다.

스노볼은 완벽하게 자기를 위한 아군들을 많이 포섭했다. 천군 만마와 같이 든든했고 언제나 자신을 지지하는 동물들이 있기에 스노볼은 무서운 것이 없었다.

이제 스노볼은 황금 집에 들어갈 준비가 완벽하게 되었다.

4장

스노볼은 거사를 예정했다. 해가 가장 높게 뜨는 낮, 동물들은 광장에 모여서 황금 집에 가기로 했다. 참여는 자유였지만 갈색 돼지들에 대한 분노와 불평등에 바꾸고자 하는 신념은 많은 동물들로 하여금 시위에 참여하도록 만들었다. 몇몇 동물들은 스노볼에게 지시받은 대로 전날 밤 횃불을 준비했다. 소수의 동물만이 횃불을 들었지만 그것은 밝게 빛나 낮을 더욱 환하게 만들었다. 황금 집으로 전진하는 동물들의 길을 밝게 만들어주었고 동물들은 모두 그 앞으로 걸어갔다. 마치 모든 동물들이 시위에 나온 것 같은 느낌이 드는 규모였다.

광장에는 농장에서 볼 수 없었던 새로운 동물이 눈길을 끌었다. 바로 원숭이였다. 원숭이가 농장에 어떻게 있는지는 몰랐다. 그러나 곧 스노볼이 불렀다는 것을 알게 되었다. 스노볼은 원숭이가 곡예를 통해 동물들의 시위를 도와주고 즐겁게 만들 것이라며 특별히 불렀다고 했다. 원숭이는 화려한 저글링과 춤으로 동물들을 현혹시켰다. 분노로 가득 찬 시위를 축제와 같은 현장으로 만들어 동물들의 참여를 독려했다.

닭들은 자신에게 도움을 준 스노볼을 지지하기 때문에 가장 먼저 나왔다. 갈색 돼지가 둥지를 구하지 않은 날 스노볼이 닭들을 감싸주었고 대변해 주었다. 그리고 닭들에게 그들을 지켜주겠다는 말을 하고 다시는 그런 일이 일어나지 않도록 약속했다. 그리하여 닭들은 스노볼을 믿게 되었고 스노볼과 함께 하게 되었다. 닭들은 입이 작아 횃불을 물 수 없었지만 선두에 나서서 꼬꼬댁거리며 동물들을 이끌었다.

그 뒤에는 양들이 있었다. 양들은 횃불을 들지 않았다. 횃불을 드는 대신 크게 울음을 외치면서 동물들에게 사기를 불어넣고 모임들의 목표를 말해주기 위해서다. 그 목소리는 농장 전체에 울려 퍼졌고 모든 동물들이 들을 수 있었다. 목소리가 큰 양들은 스노볼에게 큰 도움이 되었다.

그 뒤로는 토끼들이 나왔다. 토끼들은 농장에서 가난하게 살고 있어 가난한 동물들을 위하는 스노볼에게 감동하여 그와 함께하기로 했다. 아기 토끼는 원숭이의 춤과 곡예에 눈길이 쏠려 시위의 즐거움을 보고자 호기심에 참여했다. 아기 토끼는 스노볼의 말을 이해할 수는 없지만 스노볼이 정의를 위해서는 시위를 해야 한다고 말했기에 홀린 듯 아기 토끼는 시위에 나왔다.

스노볼을 도와준 호세도 그를 따라 참여하기로 했다. 큰 덩치의 호세는 동물들에게 경외감을 불러일으키며 함께 한다는 점에 든든한 아군이었다. 횃불을 들고 우뚝 서 있는 호세는 시위대의 길잡이였다.

그 뒤로 소수이지만 갈색 돼지와 개들도 있었다. 모두 황금 집을 나오고 스노볼과 함께하는 동물들이었다. 동물들은 그들이 왜 나왔는지 의아했다. 하지만 자신과 뜻을 함께하기에 고마웠고 크게 신경 쓰지 않았다.

동물들이 다 모이자 스노볼은 광장의 연설대 위에 섰다.

"여러분 안녕하시오. 우선 이 자리에 나와준 동물들에게 모두 고맙다고 말하고 싶소. 모두 일이 바쁘고 시위에 대해 귀찮다고 생각할 수 있으나 그대들은 농장의 행복과 정의를 위해 나온 것이오. 자신의 시간과 노력을 바쳐 더 평등한 농장을 위해 나온 여러분이 나는 자랑스럽소. 정의의 여신이 그대들을 축복할 것이오."

그리고 갑자기 스노볼은 언성을 높여 말을 했다.

"동물은 모두 평등합니다! 동물이 어떻게 높고 낮음과 차별이 있다는 말이오! 이에 대해 불공평하다고 생각하지 않으십니까? 왜 그대들은 이러한 사회 속에서 살아가는 것입니까. 모두 같은 일을 하고 같은 양의 대가를 받는 것이 평등이지 순차적으로 나누는 것은 옳지 않단 말이오. 루소가 많은 동물들은 없는 동물들에게 자신의 것을 조금 나눠서 같이 살아가는 것이 옳다는 말이오. 그렇다면 모두가 행복해질 수 있지 않습니까. 그런데 저기 황금 집에 있는 돼지들을 보시오. 생산적인 일은 하지 않으면서 여러분의 생산물들을 모조리 가져가는 것이오. 그러면서 여러분과 나누지 않아 그 욕심으로 가장 부유하게 살지. 그렇다면 힘이 약한 동물들은 음식과 집을 제대로 제공 받지 못하오. 이곳에서 살 수 없단 말이오. 우리는 이제 이를 바꿔야 합니다. 루소로 인해 차별당하는 동물이 더 이상 없도록. 여러분들은 할 수 있습니다. 저 나쁜 갈색 돼지들을 모조리 몰아냅시다!"

스노볼의 마지막 말에 갈색이 들어가 동물들을 더욱 자극했다. 외면하고 있던 불평등은 스노볼로 인해 깨달았고 그것은 분노로 표출되어 시위는 더 열정적으로 되었다.

"동물들이여, 황금 집으로 갑시다!"

스노볼의 한 마디에 모든 동물들은 황금 집을 향해 걸어나갔다. 걸어가면서 양들은 노래를 불렀다.

평등한 농장은 우리의 염원
동물의 터전은 정의와 함께
평등한 마음으로 자라는 우리
우리는 용감하다 행복농장

윤기 있는 평야들과 깨끗한 물은
정의로운 동물들을 응원해주네
용기 있는 동물들을 누가 막느냐
그 어떤 동물도 막을 수 없다

성스러운 정의는 우리의 마음
불의를 무찌르자 농장 끝까지
강한 의지를 가진 우리들은
정의를 지키고도 계속 지키노라

한 발짝 한 발짝 걸어나가면
우리의 농장은 우리의 것

두 발짝 두 발짝 걸어나가면
정의의 여신이 우리를 지킨다

　노래의 작사와 작곡은 모두 스노볼이 했다. 정의를 지키는 용감한 전사인 동물들이 불합리한 돼지들을 무찌르는 내용이 담긴 곡이었다. 노래는 강인하고 힘찼으며 경쾌하고 기품이 넘쳤다. 노래를 마디를 딱딱 끊어 부르는 것이 마치 군사들의 행진과 같았고 이는 동물들의 사기를 올려주었다. 처음 노래를 들은 동물들은 따라 부르는 것이 서툴고 어색했지만 양들이 세 번째 부를 때에는 음을 익혔고 다섯 번째 부를 때에는 가사를 외웠다. 그렇게 여섯 번째에는 모든 동물들이 따라 부르기 시작했다. 모든 동물들은 정의라는 신념에 가득 찬 채로 행진을 했고 함께한다는 것에 즐거움을 느꼈다. 시위는 흥겹게 느껴졌다. 그렇게 그들은 스노볼과 함께 축제를 즐기고 있었다.

　맨 앞에서 스노볼은 닭들과 호세의 안내를 받으며 황금 집으로 나아갔다. 그 뒤로 양들은 계속해서 노래를 부르며 걷고 있었다. 그 소리와 함께 나머지 동물들은 횃불을 들고 황금 집으로 걸어갔다. 모든 동물들은 한마음 한뜻이었다.

　황금 집의 갈색 돼지들은 갑자기 몰려온 동물들의 수와 횃불에 놀랐다. 그들은 어쩔 줄 모르고 뒷문으로 모두 달아나버릴까 생각을 했으나 금세 동물들은 황금 집 앞으로 와버렸다. 모든 돼지들은 얼음과 같이 멈추어버렸고 동작을 멈춘 돼지들 속으로 카프가 나타났다. 그도 많은 동물의 수에 적지 않아 놀랐지만 평정을 찾고 스노볼에게 물었다.

"원하는 것이 무엇이오?"

"우리는 동물들이 평등하기를 바라오. 그러므로 그대는 이 집을 나가야 하오. 그대의 갈색 돼지들은 동물들을 제대로 이끌 수 없소. 그러니 조용히 돼지들과 나가시오."

그들의 말은 짧았고 명료하고 간단했다. 카프는 잠시 생각을 하더니 몰려온 동물들에게 다가가 자신의 질문을 하려 했다. "내가 어떡하면 좋겠소?"라는 말이 나오자마자 양들은 일제히 외쳤다. "집을 나가라! 집을 나가라!" 그 소리는 지금까지 들어본 어떤 소리 중에서도 가장 컸으며 무섭기까지 했다. 카프는 모든 것을 내려놓는다는 표정으로 말했다.

"그렇다면 우리 공정하게 합시다. 나를 지지하는 동물들과 그대를 지지하는 동물들이 얼마나 되는지 알아야지. 만약 그대에게 많은 동물이 지지한다면 나는 떠나겠소."

스노볼은 고개를 끄덕였고 고개를 돌려 동물들을 향해 말했다.

"동무들 모두 광장으로 갑시다. 가서 카프와 나 중 누구를 지지하는지 보여줍시다."

모든 동물은 광장으로 갔고 각자 시위에 참가하지 않은 동물들을 불러 모았다. 그러자 집회에 참가하지 않은 안토니오와 휴, 제이가 광장으로 나왔다. 모든 동물들이 다 모이자 스노볼은 말했다.

"동물 여러분. 우리는 지금부터 서로가 지지하는 동물들 앞에서서 그 신뢰도를 볼 것이오. 지금부터 나를 지지하는 동물은 내 앞으로, 카프를 지지하는 동물은 카프 앞으로 가시오."

스노볼의 말 한마디에 동물들은 갈라졌다. 말, 양, 닭, 토끼들은 일제히 스노볼 앞에 섰다. 제이와 휴는 카프 앞으로 갔다. 안토니오는 결정하지 못하고 중간에서 가만히 서 있었다. 그때 엄마 토끼가 말했다.

"안토니오, 네가 스노볼이 처음이라 잘 이해가 안 되지만 그렇다고 갈색 돼지를 지지할 수는 없잖아."

안토니오는 잠시 고민하더니 토끼의 말대로 스노볼 앞에 섰다. 이제 모든 결정은 나왔다. 카프는 자신의 패배를 알고 고개를 떨구었다. 의기양양하게 스노볼은 말했다.

"그대는 농장의 최고 돼지니 모든 책임을 지고 이 농장을 떠나시오."

그리고 짐을 싸러 황금 집으로 향했다. 터덜터덜 걸어가는 그
모습을 보고 동물들은 환호성을 질렀다. 그들의 승리였다. 지금까
지 겪었던 불평등이 모두 끝나는 것이다. 동물들은 연신 스노볼을
외쳤고 그를 지지했다. 앞으로는 평등한 행복한 농장이 될 것이다.

5장

카프는 농장을 떠났다. 그가 시야에서 안 보일 때쯤 스노볼은 광장의 동물들을 보았다. 그곳에는 모든 동물들이 있었다. 그 많은 눈동자들이 스노볼을 향하고 있었다. 새로운 지도자 스노볼을 축하하는 동물들이 열광했고 스노볼은 그 기쁨을 만끽했다. 환호성이 잦아질 때쯤 스노볼은 앞발을 들었다. 그러자 모두가 입을 다물고 스노볼에 집중했다.

"동무들, 오늘은 새 역사를 쓰는 날이오. 우리는 정의와 평등을 지켰소. 더 이상 우리는 불평등 속에서 살지 않아도 되오. 나와 함께라면 처음 보는 행복한 농장을 만들 것이오. 정의를 지키고자 함께한 동물들, 여러분들이 참으로 자랑스럽소. 이제 우리는 정의를 지키고 농장을 더욱 발전시킬 것입니다. 나와 함께 우리 모두 행복한 농장을 만들어 나갑시다."

농장의 모든 동물들은 글을 읽을 줄 알았다. 그들의 타고난 손 때문에 글을 쓰는 것은 어려웠지만 읽을 줄은 알았다. 오랜 세월 살아온 휴는 언어를 알았기 때문에 동물들을 교육했다. 그 점을 알았기에 스노볼은 자신이 꼭 지키겠다는 10가지 약속을 적은 판자를 광장의 가장 큰 나무 한복판에 걸어 놓았다. 모든 동물이 볼 수 있게끔 큰 글씨로 작성했다. 그 내용은 이러했다.

나의 약속

1. 여러분과 소통하는 스노볼이 되겠습니다
2. 중요한 농장의 일은 바로 알려드리겠습니다
3. 일이 있으면 편하게 황금 집에 와서 이야기를 나누도록 하겠습니다
4. 가끔은 광장에서 여러분들과 많은 이야기를 하겠습니다
5. 문제가 있다면 여러분과 함께 해결하겠습니다
6. 튼튼한 농장을 만들겠습니다
7. 차별이 없는 평등한 농장을 만들겠습니다

8. 거짓말이 아닌 사실만을 말하겠습니다

9. 모든 동물들을 신경 쓰고 챙겨주겠습니다

10. 세상 어디에도 없는 농장을 만들겠습니다

스노볼은 농장을 꼭 올바르게 이끌겠다는 약속을 나무에 걸었다. 모든 동물들에게 자신의 신념을 알리기 위해서다. 글씨는 그와 함께한 돼지들과 같이 썼다. 황금 집의 창고에 있는 페인트로 앞발을 조금씩 적셔 만든 글은 삐뚤빼뚤해 읽기는 힘들었지만 그 뜻은 다들 알 수 있었다.

황금 집에 들어와 가장 높은 자리에 앉은 스노볼은 가장 먼저 자신을 도울 동물들을 모색했다. 황금 집 왼쪽에 18마리의 돼지가 들어가는 집과 오른쪽에는 개들이 들어가는 집에 들여놓을 동물들을 생각했다. 그러나 생각할 필요가 없었다. 기존의 카프와 함께하던 돼지들은 모두 물러났기 때문에 돼지들의 집에 스노볼과 함께한 돼지들이 모두 들어갈 수 있었다. 오히려 더 넓게 활동할 수 있었다.

스노볼과 함께한 8마리의 갈색 돼지들은 흥겹게 노래를 부르며 집으로 들어와 그들이 집을 차지한 것에 대한 기쁨을 만끽했다. 집 속 모든 것은 이제 모두 그들의 것이다. 넓은 집과 아름답게 꾸며진 집에서 그들은 웃음을 멈추지 못했다.

그리고 돼지들은 자신을 이끈 스노볼과 같은 회색 돼지가 되기 위해서 창고에서 페인트를 뒤집어 바닥에 쏟은 뒤 그 속을 뒹굴었다. 그렇게 갈색 돼지는 스노볼과 같은 회색 돼지가 되었다.

스노볼은 옆집에 개들이 있던 곳에 자신을 도운 개들을 모두 들였다. 우두머리 개인 에이미와 따르는 로키, 그 뒤를 따라 황금 집으로 돌진한 개들을 들였다. 황금 개집에 살았던 개들은 바뀐 것이 없지만 느낌이 조금 달랐다. 스노볼이 개의 집에 좀 더 많은 식량을 둔 것이다. 그들이 황금 집과 음식을 둘러보며 기쁨을 맛보는 사이 돼지들은 개들에게 회색 페인트에서 뒹굴라고 했다. 그러자 가장 먼저 에이미가 뒹굴었다. 에이미는 가장 먼저 회색 개가 되었다. 그 뒤를 따라 나머지 개들도 회색 개가 되었다. 그러나 로키는 회색이 되지 않았다. 자신의 본연의 색을 잃고 싶지 않았기 때문이다.

스노볼은 쥐들에게도 황금 집에서 살도록 자리를 마련했다. 쥐들도 같은 동물이기에 그들을 차별해서는 안 된다는 이유였다. 그리고 음식도 제공하였다. 쥐들은 황금 집에서 사는 동물이 되었다. 스노볼은 쥐들이 살 수 있는 자리와 음식을 마련해주었다. 동물들에게 황금 집에 대한 이야기를 하는 것도 그대로 하도록 했다. 쥐들이 신나 황금 집 안을 돌아다니자 몇몇 쥐들은 바닥에 아직 있는 페인트를 밟고 회색으로 변했다.

황금 집의 모든 동물들은 스노볼과 같은 생각을 하고 같은 편인 동물들로 채워졌다. 서로가 서로를 견제하고 조언하며 농장을 올바르게 이끌어가야 할 3개의 동물 조직은 모두 스노볼을 중심으로 하나가 되었다. 서로를 발목 잡는 일은 없을 것이다. 이제 황금 집은 스노볼의 생각으로 힘차게 나아갈 것이다. 그들의 앞을 막을 것은 없었다. 스노볼은 이를 개혁이라 불렀다. 기존의 썩은 것들을 도려내고 새 출발을 하자는 의미였다.

6장

동물들은 새로운 지도자가 된 스노볼을 찬양했다. 최근 그가 어려운 동물들을 돕자며 기부를 독려한 것이다. 인간에 의해 귀 한쪽이 들리지 않는 할머니 토끼를 위해서였다. 스노볼이 마을 광장을 돌아다니며 동물들을 만날 때 귀가 한쪽이 들리지 않는다는 할머니 토끼의 이야기를 들었다. 스노볼은 직접 할머니 토끼를 찾아가 보고 귀가 들리지 않는 이유를 물은 뒤 그 이유를 알게 되었다.

할머니 토끼는 과거 인간의 장난으로 인해 귀 한쪽을 들을 수 없게 되었다. 옛날에는 행복 농장도 인간들이 소유한 농장이었다. 그곳에서 술에 취해 농장으로 들어온 인간이 할머니 토끼를 발견하고 귀를 잡고 흔들었던 것이다. 그 결과 토끼는 귀 한쪽을 들게 될 수 없었다. 그 후 동물들의 반란이 일어나고 농장은 동물들의 소유가 되었다. 동물들은 집에서 쫓겨나는 인간에게 토끼를 위한 사과를 하라 했으나 인간은 그러지 않았다. 오히려 이를 부정했다. 자신은 술에 취해 아무것도 기억이 나지 않는다면서. 그 이후에도 할머니 토끼는 인간의 진심 어린 사과를 원했다. 그러나 인간은 계속 무시하고 토끼를 아는 체도 하지 않았다. 이 사실을 알게 된 스노볼은 할머니 토끼를 안고 위로해 준 뒤 일어나 모든 동물들에게 말했다.

"동무들, 지금 이 토끼는 과거 인간들에 의해 귀가 잘린 동물이오. 그들이 한 짓을 보시오. 우리의 동물을 참혹하게 만들었지만 그들 스스로는 태연하게 살고 있소. 인간은 이렇게 사악한 동물입니다. 힘없는 토끼에게 이런 행동을 하다니 같은 생명이라는 것이 믿기지가 않소. 그러니 앞으로는 그들과 교류를 많은 부분 제한하고 접점이 없도록 할 것이오."

그러나 할머니 토끼는 스노볼을 말렸다.

"우리는 인간의 문물을 배우면서 농장의 발전을 이끌어야 합니다. 인간의 악행도 있지만 우리가 서로 협력해야 농장은 더 나아갈 수 있습니다. 과거는 과거로 생각하고 청산한 뒤 새로운 미래를 위해 나아가야 합니다. 저는 그저 그들의 진심 어린 사과만을 원

합니다."

스노볼은 큰 소리로 토끼의 의견을 반박했다.

"그렇지 않소. 인간은 모두 사악한 동물들이오. 그들은 뻔뻔하고 오만하며 위선으로 가득 차 있소. 우리는 인간들을 배척하고 우리 끼리 아름다운 농장을 만들어야 하오. 인간의 행동을 보시오. 토 끼만 아니라 여러 동물들도 무차별하게 괴롭히는 것이 인간입니 다. 말들은 수레를 끌기 위한 수단이고 소들 역시 고기를 얻기 위 한 수단이지요. 모든 동물들을 잡아먹으며 그들의 배를 불립니다. 생각을 해보시오. 만약 무기를 든 인간이 그대들 앞에 나타난다면 어떻게 할지. 그들은 동물들을 단지 먹잇감으로 생각하는 것이지 요. 앞으로 우리 농장은 인간과의 필수적인 교류를 제외하고는 모 든 인연을 끊도록 하겠소."

스노볼은 인간의 악행에 대해 상세하게 설명했다. 그의 말로 인 해 동물들은 인간에 대한 혐오와 증오가 생겨났다. 동물들은 자신 들이 인간에게 살육당하고 고기로 쓰여지는 상상을 했다. 참으로 공포스러웠다. 두려움은 금방 모든 동물들에게 퍼졌다. 그리고 인 간을 배척하자는 분위기가 생겨났다. 당사자인 토끼는 그들을 용 서하고 앞으로 나아가라 하지만 스노볼은 용납할 수 없었다. 동물 들도 스노볼의 생각에 동의했다. 동물들의 분노가 극에 달했을 때 스노볼은 동물들에게 말했다.

"동무들, 인간에 의해 다친 토끼는 우리가 도와주어야 하오. 우리같이 건강한 동물들은 다친 동물을 도와주어 평등하게 살아야 합니다. 그러니 모두들 조금씩 힘을 모아 토끼를 도와줍시다. 풍족한 동물들이 가난하고 힘든 동물들을 위해 나누는 것이 정의입니다. 부를 나누어줌으로써 우리는 평등한 동물이 되고 농장이 될 것이오. 우리는 인간과 다른 위대한 동물입니다. 우리는 공존하며 살아야 하오. 동물들 마음속에 있는 따뜻한 마음을 보여주기를 바라오. 토끼에게 기부를 하고 싶은 동물은 소리를 질러 그 뜻을 밝히기를 바라오."

동물들은 지금까지 생각하지 못했던 나눔에 대해 알게 되었다. 자신만 잘 살면 된다는 생각은 스노볼의 말로 녹아내렸고 기부라는 새로운 생각이 마음속에 피어났다. 동물들은 너도나도 힘을 보태 토끼를 돕겠다고 큰소리를 질렀다. 풍족한 동물에서 조금 가난한 동물까지 자신의 것을 나눠주기를 희망했다. 스노볼은 웃음을 지으며 말했다.

"그렇다면 루소로 돕고 싶은 동물은 미에게, 물건이나 음식으로 주고 싶은 동물은 황금 집 옆에 있는 창고로 넣으면 되오."

스노볼이 할 말을 다 하고 미가 나타났다. 미는 입을 열어 큰 소리로 동물들에게 한 번 상기시켜주었다.

"물건과 음식은 황금 집 옆의 창고로 놓으면 됩니다. 그리고 루소는 매주 수요일 아침마다 광장에서 걷어 토끼에게 나누어 주겠습니다. 오늘이 목요일이니 다음 주부터 바로 시작하겠습니다. 이 가여운 토끼를 위해 많은 참여 부탁드립니다."

미는 토끼를 안으며 말했다. 토끼는 자신을 위해주는 동물들에게 감사했다. 그런데 왜 황금 집 옆의 창고로 물건을 받는지는 의아했다. 그곳은 스노볼의 개인 창고이기 때문이다. 그렇지만 할머니 토끼는 아무렇지 않게 넘겼다.

수요일이 되었다. 아침부터 동물들은 루소를 기부하기 위해 빠르게 모였다. 미는 광장에서 기다리고 있었고 큰 수레를 들고 있었다.

"가져온 루소는 여기 수레에 넣으면 됩니다. 여러분, 빨리빨리 해주세요."

말이 떨어지기 무섭게 동물들의 루소는 수레에 들어갔다. 풍족한 동물들의 루소, 가난한 동물들의 루소. 많은 것들이 있지만 모두 토끼를 도와주고자 하는 마음은 같았다. 모든 동물들이 루소를 담았을 때 미는 힘차게 수레를 끌고 갔다. 힘겹게 수레를 끄는 그녀를 보면서 동물들은 도와주겠다고 했으나 "걱정 마세요. 저는 혼자 할 수 있어요."라고 말하며 끝까지 혼자 끌고 갔다. 동물들은 그 모습을 보고 "모든 힘겨운 일들은 자신의 도맡아 하다니 대단한 돼지야."라는 말로 그녀를 칭찬했다.

그렇게 기부는 계속 이루어졌다. 할머니 토끼의 아픔을 공감하는 동물들은 기부에 열심히 참여했다. 많은 양의 물건과 루소가 할머니 토끼를 위해 모여졌다. 그러나 할머니 토끼는 여전히 가난하게 살고 있었다.

기부를 시작한 지 한 달이 되었을 때, 수요일, 할머니 토끼는 기부를 하러 모인 동물들 앞에 섰다. 동물들이 의아하게 처다보았고 많은 눈들이 자신을 향했을 때 토끼는 말했다.

"동물 여러분, 저는 여러분들이 생각하는 귀를 잃어버린 토끼입니다. 저를 위해 매주 기부를 하는 동물들에게 감사의 말씀을 드립니다. 기부하는 물품으로 저를 도와주고자 하는 마음은 감사합니다. 그렇지만 여러분들이 준 그 루소와 물건들은 다 어디로 갈까요? 저에게로 온다고 생각하십니까? 그랬으면 좋겠다만 그렇지 않습니다. 저에게 오는 것은 조금밖에 되지 않습니다. 오히려 제가 먹을 것이 없어 굶고 있으면 그들은 저에게 기부된 루소가 없다고 하면서 무시합니다. 정말 루소가 없을까요? 루소가 없지는 않습니다. 그것은 모두 미가 가져가기 때문이지요. 실제로 미가 수레를 옮기고 갈 때 보았던 그 많은 것들은 저에게 오면 반도 안 되게 줄어있습니다. 이는 미가 대부분 가져가고 있다는 것입니다. 저에게 주는 그 선의는 사실 미에게 모두 가는 거지요. 그러니 이제 수요일마다 기부를 할 필요가 없습니다. 앞으로는 기부를 하지 말아주세요."

때마침 미가 광장으로 왔다. 빈 수레를 끌고 동물들의 기부를 받으려 한 것이다. 그러나 미가 오자마자 분노한 동물들은 미에게 어떻게 된 일이냐며 고함을 치며 물었다. 평소 온순하던 안토니오도 할머니 토끼의 말에 화가나 미를 향해 뿔을 들이밀었다. 갑자기 자기에게 적대적으로 변한 모습을 본 미는 화들짝 놀랐고 할머니 토끼는 옆에서 미를 노려보며 말했다. 자신을 위한 기부는 없고 오로지 사리사욕을 채우기 위한 기부는 이제 그만하라고. 자기의 말을 똑똑히 들려주었다. 그리고 미가 빼돌린 것들은 다 어디 있냐고 물었다. 얼마나 들어왔고 나에게 어떻게 썼는지 알려달라 했다. 동물들의 비난이 거세지고 그 큰 목소리를 당할 수 없던 미는 수레까지 두고 황급히 황금 집으로 도망갔다.

할머니 토끼는 이 사건을 개들에게 수사해달라고 요청했다. 진실을 밝혀달라고. 이 소식을 들은 로키는 토끼를 도와주려 했다.

그러나 우두머리 개인 에이미가 이를 반대했다. 에이미는 으르렁거렸고 로키는 한발 물러섰다.

에이미가 로키에게 으르렁거려 방해한다는 것은 쥐들이 보았다. 쥐 중 한 마리는 동물들에게 에이미가 수사를 방해한다고 말했다. 또한 동물들의 기부는 모두 스노볼의 개인 창고로 들어갔다는 말을 했다. 동물들은 자신의 행동이 단지 스노볼의 배를 불리는 데 이용했다는 사실이 화가 났다. 토끼를 위한 행동은 무의미했고 동물들은 정의라는 가면에 속았던 것이다.

소문은 빠르게 퍼졌고 동물들 사이에서 스노볼과 미의 행동이 논란이 되자 미는 광장으로 나와 동물들에게 말했다.

"여러분, 요즘 농장에서 이상한 소문이 돌고 있다는 이야기를 들었습니다. 저와 스노볼이 여러분을 속였다는 것을요. 그렇지만 이는 사실이 아닙니다. 여러분의 도움은 토끼를 위해 쓰여졌습니다. 토끼에게 루소를 주는 것만이 도움이라고 생각하지 마세요. 우리는 그 루소로 인간들에게 항의하고 사과를 받아내도록 하는 용도로도 쓰였습니다. 이를 알지 못하니 이상한 소문이 도는 것이지요.

또한 토끼는 귀 한쪽이 정상적이지 않아 올바른 생각을 할 수 없습니다. 감정에만 치우쳐 옳은 것을 보지 못하지요. 제가 어떻게 토끼의 물건을 훔치겠습니까? 아마 토끼는 기억에 문제가 조금 있는 것 같습니다."

갑자기 나타난 양들은 미의 말에 힘을 실어 주었다. 양들은 토끼에게 "동물이 아닌 인간의 편이 선 동물, 동물이 아닌 인간이 편에 선 동물"을 외치며 토끼를 인간을 위한 동물이라고 규정했다. 그 상황에서 휴는 미에게 물었다.

"그렇다면 토끼를 위해 받은 물건들을 어디에 어떻게 썼는지 알려줄 수 있습니까?"

"그것은 알려줄 수 없습니다. 그렇지만 우리가 모은 것은 토끼에게 제대로 갔습니다."

미는 단호하게 말했다. 그리고 황금 집으로 돌아가려 할 때 다시 뒤를 돌아 말했다.

"아 참. 황금 집 내부에 대한 말을 한 쥐는 황금 집으로 들어오세요. 사실을 알려드릴 테니."

그리고 다시 황금 집으로 들어갔다.

그 일이 있은 후 그 사실을 말한 쥐는 보이지 않았다.

그리고 쥐들은 황금 집 밖에서 말하는 것도 금지되었다.

7장

봄이 지나고 여름이 찾아온 무더운 날이었다. 동물들이 땀을 흘리며 더워할 때 스노볼이 광장에 나타났다. 갑자기 나타난 스노볼에 모든 동물들이 무슨 일인지 궁금해했다. 스노볼은 단상 앞에 서서 동물들의 주의를 집중시키고 말을 했다.

"동무들, 내일은 역사적인 날이오. 나는 멧돼지들이 살고 있는 곳에 가 함께 식사를 하기로 했소. 우리 농장은 평소 멧돼지들과 사이가 좋지 않았다고 알고 있소. 그러나 멧돼지도 우리와 같은 동물들이오. 평등한 존재이고 같이 살아가야 하는 생명들이란 말이오. 그러니 서로가 힘을 합쳐 평화롭게 살 방안을 찾기 위해 나는 내일 멧돼지가 있는 곳으로 가려고 하오."

갑자기 멧돼지와 이야기를 한다는 사실은 동물들에게 낯설었고 동물들은 당황했다. 과거 멧돼지들은 농장을 공격한 적이 한 번 있기 때문이다. 과거에 멧돼지들은 갑작스럽게 울타리를 부수고 공격했다. 한순간에 일어난 상황이라 농장의 동물들은 대응할 수 없었다. 그렇지만 안토니오와 호세의 아버지는 최전방에서 멧돼지들과 싸웠다. 나머지 동물들도 힘을 합쳐 함께 멧돼지를 물리쳤다. 하지만 안토니오와 호세의 아 버지는 멧돼지에게 받은 상처가 너무 커 죽게 되었다. 이러한 희생으로 농장은 존재할 수 있었다.

이러한 사실이 있었기에 동물들은 멧돼지를 평소 좋아하지 않았다. 과거 전투를 치르고 죽임을 당한 안토니오와 호세의 부모님들을 생각하면 그들을 용서할 수 없는 것이다. 그렇기에 농장의 뒷울타리는 벽돌로 튼튼하게 지어진 벽이 되었고 동물들은 그 벽을 보며 과거를 상기했다. 그러나 시간이 지나면서 많은 동물들은 멧돼지에게 신경을 쓰지 않았다. 그런데 갑자기 스노볼이 멧돼지와 함께한다니! 동물들은 놀라 아무 말도 할 수 없었지만 옆에서 양들이 "평화, 평화"하며 크게 울어대었다. 그리고 스노볼은 양들에게 "고맙소."라고 한 뒤 자리를 떠났다.

동물들은 스노볼이 어떻게 멧돼지와 대화를 한 것인지 궁금증이 들었다. 그 궁금증은 곧 풀렸다. 스노볼은 참새에게 자신의 말을 전달하여 그것을 멧돼지에게 보낸 것이다. 그렇게 스노볼은 멧돼지와 대화를 이어나간 것이다. 같은 참새가 멧돼지와 농장을 왔다 갔다 하는 것을 본 호세가 말해주었다.

시간은 빠르게 흘러갔고 한 시간 같은 하루가 지났다. 스노볼은 미와 함께 멧돼지들의 나라로 떠났다. 동물들은 벽을 넘어 멧돼지에게로 향하는 스노볼을 보고 걱정했다. 혹시나 멧돼지들에게 공격을 받지는 않을까 하는 생각이 들었다. 동물들은 한마음으로 스노볼에게 다치지 않기를 바라며 그를 응원했다. 휴만이 그저 침묵으로 지켜보고 있을 뿐이었다.

밝고 맑은 달이 뜬 밤이 지나고 해가 가장 높이 뜰 때 스노볼은 농장으로 돌아왔다.

"멧돼지들은 어땠습니까? 우리에게 친근함을 보였나요?"

"그들은 우리에게 어떤 태도로 임했습니까?"

"무사히 돌아와서 다행입니다. 이제 우리는 멧돼지와 어떤 관계를 유지하나요?"

동물들은 호기심에 찬 얼굴로 스노볼에게 질문을 던졌다. 스노볼은 뿌듯한 표정과 으쓱하는 동작으로 동물들을 진정시켰다.

"진정하시오, 동무들. 나는 이번 멧돼지와의 방문에서 그들의 친절함을 보았소. 우리가 평소에는 그들에 대해서 오해를 하고 있었던 것이 분명하오. 그들과 우리는 같은 동물이고 형제요. 차이를 두면 안 된다 이 말입니다. 그들은 모두 평등하게 살고 있었소. 사냥은 모두 같이 하고 그로 인해 얻은 음식은 우두머리 멧돼지가 평등하게 모두 나누지. 또 헛간은 없지만 다 같이 모여서 서로의 체온으로 잠을 자는 것이오. 그들에게는 차별이라고는 없고 모두 같은 존재들이요. 동물들 사이의 차이가 없소. 이런 점들을 우리는 그들에게서 배워야 합니다. 나는 앞으로 멧돼지들과 교류를 하면서 그들의 생활에 대해 배우도록 할 것이오. 평등한 농장을 위해서요. 그리고 평화를 위해서지. 앞으로 우리는 물자를 교류할 것이오. 우리 농장의 남는 양털과 저들이 캐는 감자를 서로 교환하도록 노력할 것이오."

동물들은 머뭇거렸다. 그들은 멧돼지를 늘 나쁘다고 생각해왔고 멧돼지에 대한 선의는 처음이었다. 그런데 스노볼이 멧돼지에 대해 호감이 있고 배울 점이 많다니. 새로운 관점과 생각들은 동물들에게 낯설었고 동물들은 우물쭈물거렸다. 그렇지만 멧돼지와 평화롭게 지내면서 스노볼은 농장을 평화롭게 만들고 싶어 하는 것을 알았다. 싸웠던 과거는 청산하고 새로운 미래로 나아가고자 하는 것이다. 또한 스노볼은 그 어떤 동물이라도 사랑한다는 것을 알았다. 멧돼지에 대해 동물들은 묻고 싶은 것이 많았지만 스노볼은 이미 황금 집으로 들어갔다. 스노볼은 교류를 준비하느라 바빴기 때문에 질문을 받을 시간이 없기 때문이었다.

평화롭게 햇빛이 쨍쨍한 날이었다. 갑자기 농장의 울타리로 큰 돌 4개가 굴러왔다. 돼지들의 몸집에 달하는 큰 돌이 빠른 속도로 굴러와 벽에 부딪혔다. 벽이 무너지진 않았지만 파편이 튕겼다. 돌 4개는 모두 같이 굴러왔고 모두 울타리의 한 곳을 집중하고 있었다. 만약 그곳에 누군가가 있었다면 크게 다칠 것이 분명했다.

이 일 때문에 동물들은 혼비백산했다. 혹시나 멧돼지가 다시 농장을 공격하는 것은 아닌지 생각했다. 혼란스러운 동물들에게 스노볼은 진정하라며 동물들을 안심시켰다. 그리고 확인을 하고 알려주겠다고 말할 뿐이었다. 스노볼은 직접 무너진 울타리로 찾아갔다. 그곳에는 무너진 벽들의 파편과 돌들이 그대로 있었다. 스노볼은 한 번 보더니 동물들에게 말했다.

"이는 멧돼지들의 실수인 것 같소. 지나가다 발길에 치인 돌들이 굴러온 것 같소이다. 그러니 너무 무서워하지 않아도 되오."

스노볼은 별 것 아닌 듯이 말하고 멧돼지들을 옹호했다.

"그렇기에는 큰 4개의 돌들이 너무 한 곳에 집중되어 있습니다. 발길에 치인 것은 작은 돌들일 텐데 너무 큰 돌이 아닙니까? 혹시나 일부러 그런 것일 수도 있으니 멧돼지들에게 한 번 물어보는 것이 어떻습니까?"

휴가 스노볼에게 말했다. 스노볼은 "그런 건 아닌 듯하오."라고 말한 뒤 곧바로 황금 집에 들어갔다. 황금 집에서 로키는 스노볼에게 말했다.

"멧돼지가 왜 이런 일을 한 것인지 알아내겠습니다."

로키의 말에 스노볼은 무심한 표정으로 대응했다.

"그것은 단순 실수요. 그것에 그렇게 크게 반응하지 않아도 되오. 괜히 어떤 대응을 하다 멧돼지들을 더욱 도발할 수도 있소."

로키는 멧돼지들에게 경고하고 진상을 알아내려 했다. 그러나 스노볼은 별일 아니라며 로키를 막았다.

그 후 멧돼지들은 큰 돌이 굴러간 것에 대해 스노볼과 대화를 하지 않았다. 동물들은 어떤 이유로 멧돼지가 그랬는지 알 수 없었다. 멧돼지들의 생각이 궁금하고 농장이 걱정되었으나 다음 날 언제 그런 일이 있었냐는 듯 모두 평상시와 같은 이야기를 하며 하루를 보냈다.

그로부터 일주일이 지났다. 하늘에 구름은 먹구름이 되고 어두워졌다. 물이 조금씩 떨어졌다. 한 방울, 두 방울 땅 위로 내려왔고 갑자기 많은 비가 내려왔다. 좀처럼 그치지 않는 비는 농장을 집어삼켰다. 땅은 비를 흡수했지만 너무 과한 탓에 넘쳐흘렀고 웅덩이가 만들어졌다. 적당한 비는 농장에게 단비와 같았지만 과한 비는 재앙을 이끌고 왔다. 농장은 그야말로 아수라장이었다. 동물들의 헛간과 둥지들은 물에 모두 젖어 쉬거나 누워 잘 수가 없었고 모두 높은 제이의 집으로 올라가 비를 피했다. 오들오들 떨면서 동물들은 하늘의 화를 직접 몸으로 겪었다. 그리고 물이 집어삼키는 자신들의 헛간과 내부물건들을 보면서 눈물을 흘렸다. 그러나 높은 곳에서 사는 황금 집의 동물인 스노볼과 돼지들은 비의 피해를 입지 않았다.

비는 하루 종일 내렸고 동물들은 계속해서 제이의 집에서 있었다. 제이가 비가 그칠 때까지 자신의 집에 있어도 된다고 했기 때문이다. 제이는 배고픈 동물들을 위해 집 내부의 음식도 먹어도 된다고 허락했다. 다음 날이 되고 비가 그치자 모든 동물들은 자신의 집으로 가서 다시 복구하기로 했다. 모두 입에 바가지를 물고 물을 퍼다 농장 밖으로 가서 버렸다. 그러나 많은 비를 바가지로 퍼 나르는 것에는 힘이 많이 들었다.

그때 돼지들이 도와주겠다고 하면서 나타났다. 돼지들은 동물들과 함께 망가진 농장을 복구했다. 비에 쓸려간 건초와 먹이들을 다시 주워서 원래의 장소에 돌려놓았다. 무너지는 것은 순간이지만 다시 세우는 것은 많은 시간과 노력이 필요했다. 그렇기에 복구는 3일 동안 계속되었다. 그동안 돼지들도 열심히 복구를 했지만 동물들과는 조금 달랐다. 몇몇 돼지들은 일을 했는데 몸에 진흙이 묻지 않았고 조금도 더러워지지 않았다. 참으로 의아한 일이었다. 그렇지만 동물들은 말도 없이 그냥 넘어갔다.

복구를 모두 마치자 스노볼이 나타났다. 동물들이 모두 모였고 스노볼은 헛기침을 한번 하고 말했다.

"동무들, 모두 물로 인한 피해를 복구한다고 고생이 많았소. 그대들의 노력으로 인해 농장이 이전과 같이 아름답게 변할 수 있는 것이오. 그대들에게 박수와 칭찬을 보내오. 그러나 비는 우리만 온 것이 아니오. 농장 옆에 멧돼지들에게도 비가 왔지. 그들은 우리보다 더 큰 피해를 입었을 것이오. 그러니 같은 동물로서 도움을 주기로 하였소. 그 피해를 복구하는 것에 대한 지원을 하겠소."

피해로 인해 자신들도 힘든데 멧돼지를 지원한다고 하는 스노볼을 보며 동물들은 아무런 말도 하지 않았다. 그들은 모두 복구한다고 지쳐 말할 힘도 생각할 힘도 남아있지 않았던 것이다. 다만 염소 휴만이 힘을 내어 말을 했다. 일단 우리들부터 지원을 해달라고. 그렇지만 목소리가 작고 힘이 없어 동물들과 스노볼에게 들리지 않았다.

홍수의 피해를 모두 복구하고 한 달이 지난 날이었다. 농장의 뒷 벽에서 죽은 닭이 발견되었다. 닭의 시체는 그 근처를 지나가던 엄마 토끼가 발견을 하였고 어찌나 놀란 나머지 바로 도망쳐버렸다. 그리고 모든 동물들에게 알렸다. 동물들은 일제히 울타리로 가서 죽은 닭을 보았다. 죽은 지 하루는 되어 보였고 쓸쓸한 죽음을 맞이한 듯 보였다. 닭의 몸에는 멧돼지의 이빨 자국이 새겨져 있었다. 동물들은 눈물을 흘리며 가엾은 닭을 위로해주었다. 그리고 이 상황에 대해 다음 날 연설대에 나온 스노볼에게 말했다.

처음 발견한 것이 토끼이고 동물들이 바로 스노볼에게 말했음에도 스노볼은 마치 이 일을 알고 있었던 듯한 표정이었다. 그리고 이 사건에 대해 자신도 조사하고 있으니 걱정하지 말라고 했다. 휴는 스노볼에게 이미 알고 있었다면 그동안 닭을 구하지 않고 무엇을 했는지 물어보았다. 스노볼은 나중에 다시 알려준다고 한 뒤 침묵을 지켰다. 동물들은 혼란스러웠다. 스노볼이 이미 알고 있었다니! 그렇다면 그 닭이 죽임을 당했을 때 그는 무엇을 하고 있었나! 의문으로 각자의 헛간으로 돌아갔다.

다음 날 어떤 일이 일어났는지 동물들은 모두 알게 되었다. 죽은 닭의 친구이던 닭이 말했다. 죽은 그 닭은 병아리를 낳고 그들을 위한 먹이를 가져다주러 벽으로까지 갔던 것이다. 그런데 먹이를 찾던 닭은 갑자기 죽음을 맞이하게 된 것이다. 그 닭이 어떻게 죽은 지는 알 수 없었다. 그러나 몸에 있던 멧돼지의 이빨 자국을 봐서는 멧돼지의 소행이 확실했다.

다음 날이었다. 스노볼은 모두에게 연설했다.

"동무들, 이번에 죽은 닭에 대해서는 심히 유감을 표하오. 나도 참 마음이 아픕니다. 그녀는 참으로 좋은 동물이었소. 언제나 농장을 위해 알을 낳고 우리에게 음식을 배급해준 훌륭한 동물이오. 그런데 이번에 그 동물은 다시 우리를 위해 희생하였소. 멧돼지는 어제 우리에게 미안하다는 사과의 말을 전달하였소. 평소 말이 없던 멧돼지가 이런 반응을 했다는 것은 참으로 기쁜 일이오. 서로의 관계가 진전이 있다는 것이지. 그의 희생으로 농장은 평화를 찾은 것이오. 참으로 경사스러운 일입니다."

스노볼은 죽은 닭에 대해서 유감을 표했다. 그러나 이를 좋은 일로 해석했다. 멧돼지와 관계를 발전시킬 수 있는 기회로 여긴 것이다. 그는 닭을 소중한 한 생명으로 보지 않았다. 멧돼지와 관계를 발전시킨 긍정적인 도구였다. 동물들은 스노볼의 말에 동의하지 못했다. 술렁술렁거리며 스노볼이 무슨 소리를 하는 것인지 자신의 귀를 의심했다. 그러는 중 휴는 말했다.

"죽은 닭에게 미안하지도 않습니까? 어떻게 이를 멧돼지와의 관계에 초점을 맞추는 것입니까? 그를 기리고 농장을 더욱 멧돼지에게서 안전하게 만들어야 하는 것이 정상이지 않나요?" 나중에 멧돼지가 농장을 공격하면 어떻게 할 것입니까?"

휴의 질문에 스노볼은 이렇게 답했다.

"멧돼지가 우리를 공격할 리는 없소. 그렇지만 만약 그렇다고 한들 나는 싸우지 않을 것이오. 평화를 택하겠습니다. 우리 농장의 동물들의 생명을 더 중시하겠소."

동물들은 깜짝 놀랐다. 생명을 지킨다는 것은 좋았다. 그러나 비굴하게 멧돼지의 밑에서 산다는 것이 아닌가. 이는 살아도 사는 것이 아니었었다. 스노볼은 평화를 택한 다고 했지만 그것은 항복을 멋스럽게 표현한 것이다. 평소 조용하게 있던 호세도 화가 나 말했다.

"이보시오 동무. 너무 한 것이 아니오? 우리 농장의 동물을 죽인 멧돼지를 감싸고 옹호하다니. 그러면서 죽은 닭은 그저 평화를 위한 희생이라는 것이 나는 이해가 가지 않소. 정말 멧돼지가 우리에게 우호적인 것이 맞는 것이오?"

"호세여. 멧돼지가 이번 일로 사과를 했소. 사과라는 것은 자신의 잘못을 인정하는 수단이지요. 깨어있는 동물만이 할 수 있는 것이란 말입니다. 군주와 같은 그의 태도를 보고 사과를 받아 우리 모두 화를 그만 내었으면 좋겠소."

스노볼은 멧돼지를 성인군자로 표현했다. 멧돼지를 농장의 동물보다 더욱 사랑하는 스노볼이었다. 동물들이 놀라는 와중 옆에서 양들은 "평화, 평화"를 외쳤다.

집에 돌아온 휴는 평소 친분이 있는 안토니오와 함께 식사를 했다. 식사를 하며 둘은 이야기를 나누었다. 홍수에 대한 걱정과 농장의 미래. 문득 휴는 스노볼의 말이 생각나 안토니오에게 말했다.

"스노볼이 멧돼지를 참 좋아하는군. 멧돼지들이 입은 홍수 피해를 도와주며 그들이 우리 농장을 위협하는 것을 옹호하다니."

안토니오는 깜짝 놀라 물었다.

"무슨 소리입니까? 지금 우리 농장도 힘든 상황에서 멧돼지를 도와준다고요?"

안토니오는 닭이 벽에서 죽은 것은 알았지만 홍수피해는 처음 들었다. 복구에 지친 나머지 스노볼의 말을 제대로 듣지 못한 것이다. 그래서 이 소식은 안토니오에게는 처음 듣는 소식이었다. 안토니오는 스노볼이 왜 멧돼지를 그렇게 좋아하는지 물어보았다. 휴는 자신의 생각을 말했다.

"스노볼에게 멧돼지 세상은 이상적이라 그렇네. 그들에게는 스노볼이 좋아하는 평등이 있지. 집단에서 살 공간을 주고 음식도 함께 나누어 먹지. 참으로 이상적인 모임이야. 그래서 스노볼이 참으로 좋아하는 것이지."

"멧돼지들의 집단은 듣고 보니 정말로 좋은 곳이네요. 저도 한번 가보고 싶어요."

휴는 근심 어린 표정으로 말하며 고개를 저었다.

"그렇지만 그를 위해서는 필연적으로 한 마리의 동물이 모든 것을 통제해야 하지. 자유와 통제만이 그 체제를 유지할 수 있어. 동물들이 일해서 생산한 모든 물건은 최고동물이 모두 가져 분배를 한단다. 정확히 살 수 있을 정도만. 혹시나 자기가 더 필요해 목소리를 낸다면 집단에서 쫓겨나게 되지. 모두가 평등한 조건에서 이견은 삐져나온 가시 같으니까. 우리에게도 이러한 시련이 있었단다. 자주적인 농장이 아닌 인간에 의해 사육되는 농장의 과거가 그때였지. 우리는 그저 인간을 배불리기 위한 수단이었지. 그렇지만 혁명으로 우리는 자유로운 동물이 되었고 자유라는 것은 우리에게 참으로 소중한 것이란다."

안토니오는 무슨 말인지 이해가 안 되었지만 고개를 끄덕였다. 이야기가 끝났을 때 그들은 음식을 모두 다 먹었고 서로는 헤어졌다. 밤은 깊었고 그들은 잠자리에 들어갔다.

8장

바람이 강하게 부는 겨울날 스노볼은 농장의 경제 상황에 대한 분석을 했다.

농장은 여러 동물들이 각자 자신에 맞는 일을 하며 살아가고 있었다. 양들은 자신의 털을, 닭들은 자신의 알을 팔아 루소를 벌어 살고 있었다. 소와 말 그리고 고양이는 밀을 재배했다. 토끼는 농장 밖의 신선한 풀들을 모아 동물들에게 팔았다.

여기서 스노볼의 흥미를 끄는 점이 있었다. 농장은 인간들과 교류를 하며 산다는 것이다. 양들은 털을 깎기 위해 1년에 한 번 겨울이 되기 전 인간들을 농장으로 불렀다. 찾아온 인간들은 양들의 털을 깎았다. 그러면 양들은 보수로 약간의 털을 인간에게 주고 나머지는 농장의 동물들에게 팔았다.

밀의 재배 같은 경우는 더욱 복잡했다. 안토니오는 밭에서 밀을 재배했고 그렇게 얻은 밀은 제이의 풍차에서 밀가루로 만든다. 그러면 호세는 밀가루를 이끌고 인간 마을로 간다. 도착하면 제이는 말의 등에서 내려 그것을 인간들에게 팔았다. 제이는 밀가루를 팔아 루소를 받았다. 제이는 받은 루소를 저장하다 농장에 식량이 떨어지면 마을에 가 건초와 사료를 사서 온다. 밀가루를 팔아서 받은 건초와 사료 그리고 루소는 그가 함께 일한 안토니오와 호세에게 매달 배분했다. 모든 교류의 중심에는 제이가 있었다. 그렇기에 제이는 많은 양의 루소를 가지고 있었고 농장에서 제일가는 부유한 동물이었다.

스노볼은 이것이 마음에 들지 않았다. 그는 농장의 주요 생산을 맡고 있는 밭과 풍차를 찾아갔다. 풍차는 총 3대가 있었다. 그 웅장한 높이와 큰 날개로 돌아가는 풍차는 위압감마저 들기도 했다. 밭에서는 안토니오가 밭을 갈고 있었다. 호세는 인간 세상에서 막 사료를 싣고 오는 길이였다. 고양이 제이가 호세의 등에 타고 인간처럼 농장에 왔다. 스노볼은 그 모습이 썩 마음에 들지 않았다. 그렇지만 평소와 같이 인자한 미소로 제이에게 다가갔다.

"반갑소, 제이 동무. 인간 세상에 다녀오는 것이군요. 이번에도 밀을 팔아 많은 수익을 거두었소?"

제이는 말의 등에서 내려 땀을 닦으며 기분 좋게 말했다.

"그렇습니다. 요즘 우리 농장의 밀이 품질이 좋고 맛이 있어 인간 세상에서 큰 인기랍니다. 열심히 일하는 안토니오와 호세 덕분이죠."

스노볼은 표정을 약간 찡그리며 말했다.

"내가 알기론 모두 일을 하는데 그대가 루소를 많이 받는다고 알고 있소. 그것이 맞소?"

고양이는 당연하다는 듯 말했다.

"당연합니다. 밀가루 판매의 총 책임자는 저고 모든 일을 기획하고 조정합니다. 영리한 동물이 아니면 할 수 없죠. 외부의 인간 세계와 교류를 하는 것은 참으로 힘든 일이지요. 인간들은 교활하거든요. 언제나 싼 루소를 주고 밀가루를 받으려 한답니다. 이런 심리전에 말리지 않도록 저는 늘 인간 세상을 보고 공부하는 것이죠. 또한 저는 농장에서 일을 하는 것도 모두다 신경 쓰고 책임을 져야 한답니다. 그건 참으로 힘든 일이지요.

그리고 풍차는 밀가루만 만드는 것은 아니랍니다. 바람으로 인해 돌아가는 동력으로 농장에 전기를 공급하지요. 전기는 밤에 동물들이 밝게 다니도록 해줍니다. 또한 겨울에는 열을 만들어주죠. 그렇기에 풍차는 농장의 자랑이며 꼭 필요한 수단입니다. 그리고 저는 이 풍차의 주인이고요. 그렇기에 저는 많은 루소를 받아도 되는 당위성이 있죠."

"그렇다면 그대는 어떻게 이 풍차를 가지게 된 것이오?"

"저는 이 공장을 저의 아버지에게 물려받았습니다. 아버지께서는 이 풍차를 이용해 생산적인 일을 하려고 참으로 고생했죠. 본래 이 농장에는 풍차가 1대밖에 없었습니다. 그렇지만 아버지는 농장의 발전을 위해 풍차를 더 세워야 한다고 말했죠. 그리고 그것을 실행했습니다. 아버지는 이를 위해 인간 세계에서 배우기도 하였습니다. 그렇게 풍차를 세우게 되었죠. 아버지의 열정은 누구도 폄하할 수 없죠. 과거 아버지의 피, 땀, 노력으로 세운 이 공장은 농장의 자랑입니다."

스노볼은 갑자기 언짢아진 표정을 지었고 뒤를 돌아 나가 황금 집으로 돌아갔다. 돌아가는 길에는 밭에서 안토니오가 땀을 흘리며 일을 했고 호세는 물이라도 한 모금 마시기 위해 농장 밖 강가로 가고 있었다. 그 모습을 보며 황금 집으로 돌아간 스노볼의 방은 밤늦게 불이 켜져 있었다.

다음 날 스노볼은 광장에 나갔다. 평소와 다른 시간에 나온 스노볼을 본 동물들은 무슨 일이 생겼나 하는 호기심에 스노볼 앞에 모였다.

"동무들, 나는 앞으로는 공장의 동력을 풍차 3대 대신 2대로 축소하려 하오. 풍차는 밀가루를 밀로 만들고 수출하게 하는 좋은 동력이지만 위험한 건물이오. 바람이 강하게 불거나 지진이 나면 무너진단 말이오. 그렇게 된다면 근처 동물들은 크게 다칠 것이 뻔하오. 그렇기에 풍차를 2대로 줄이도록 하겠소."

놀란 제이는 다급하게 말했다.

"그렇지만 우리의 풍차는 과거 동물들이 열심히 만들어낸 최고의 작품입니다. 그 기술은 훌륭했고 가끔 인간들도 우리 풍차에게 밀가루를 부탁하지요. 풍차를 줄이면 밀을 그만큼 많이 생산하지 못할 것이고 농장의 수출량은 줄어들 것입니다. 그리고 풍차는 튼튼하게 만들어서 무너질 염려는 없답니다. 풍차를 줄이는 것은 다시 생각해봐야 하지 않겠습니까?"

스노볼은 자신의 의견에 반대하는 제이를 향해 얼굴을 찡그리고 말했다.

"걱정 마시오. 이로 인해 그대들에게 피해가 가는 일은 없을 것이오. 나는 오직 그대들의 안전을 생각해 그런 것이오."

제이와 더불어 호세도 농장의 향후 방향에 대해 질문을 했지만 스노볼은 뒤돌아 빠르게 황금 집으로 달려갔다. 양들은 옆에서 "스노볼은 옳다. 스노볼은 옳다."를 외쳤고 동물들의 말은 스노볼에게 들리지 않았다.

다음 날부터 스노볼의 풍차감소 계획이 진행되었다. 풍차를 제거하는 일은 앞발을 쓸 수 없는 동물들이 하기는 어려웠다. 풍차는 인간이 제거해야 했다. 평소 인간을 좋아하지 않는 스노볼이지만 이번에는 인간에게 도움을 요청하기로 했다. 이를 위해 미는 안간 마을로 가 도움을 요청했다.

한 주가 지나고 인간들이 농장에 왔다. 그들은 큰 화약들과 폭약들을 들고 왔다. 그 양은 참으로 많았다. 인간들은 풍차에 화약을 집어넣었다. 풍차 아래의 지반에 구석구석 곳곳이 넣었다. 동물들은 그 파편이 날아올까 봐 모두 그 풍차로부터 멀리 떨어졌다. 인간들이 "셋, 둘 하나"하고 소리를 쳤고 불이 붙었다. 심지의 불은 풍차로 향해 갔고 불이 풍차에 다다랐을 때 쾅! 하는 천지를 뒤흔드는 소리와 함께 풍차는 무너져내렸다. 풍차의 파편이 날라와 몇몇 동물들이 맞긴 했지만 큰 부상은 아니었다. 제이는 그 모습을 보며 "아버지…"라 말하고 흐느꼈다.

풍차가 무너진 자리에는 그 잔해가 남아있었고 미처 다 식지 않은 것들은 연기가 나고 있었다. 풍차 하나를 세우는 것에는 많은 시간이 소요되었지만 없애는 시간은 너무나 짧았다. 동물들은 약간의 허무함이 들었고 무언가 속에서 빈듯한 느낌이 들었다. 풍차가 남긴 빈자리는 동물들의 마음도 공허하게 만들었던 것이다. 그들의 조상들이 이 풍차를 만드느라 얼마나 열심히 공부하고 힘을 들였는지 스노볼은 몰랐다. 그렇지만 안전을 위해서 풍차를 없앴다고 하니 동물들은 받아들일 수밖에 없었다.

인간들은 풍차를 부쉈지만 그대로 돌아가지 않았다. 풍차의 한 대를 부순 대신 2대를 강력하게 보강했다. 금이 가거나 떨어져 나간 부분은 메꾸었고 풍차의 날개도 덧붙여 부서진 부분을 보강했다. 한 개의 풍차는 없어졌지만 두 개의 풍차는 새것으로 변했다.

인간들은 이것으로 그만두지 않았다. 풍차 두 대의 앞에 하나의 석상을 세웠다. 스노볼의 석상이었다. 스노볼보다 2배는 큰 모양의 황금을 칠한 석상이었다. 햇빛을 받아 반짝이며 빛나고 있는 모습은 멀리서도 볼 수 있었다. 석상의 스노볼은 두 발로 서있었고 왼쪽 앞발은 옆구리를, 오른쪽 앞발은 하늘을 가리키고 있었다. 우쭐한 표정은 위풍당당한 스노볼의 모습을 잘 보여주고 있었다. 풍차를 스노볼이 만들지 않았지만 마치 풍차는 스노볼의 업적이라고 말하는 것 같았다. 스노볼은 이를 보며 흡족한 표정으로 동물들에게 말했다.

"동무들, 혹시나 하는 안전으로 풍차를 하나 줄였소. 그 대신 나머지 2대를 완벽하게 보강했소. 이는 더욱 안전한 농장이 될 것이오.

아, 풍차 앞 석상은 일을 하느라 고생한 인간들이 자신의 업적임을 알리기 위해서 만든 석상이니. 저것을 보고 너무 이상하게 생각하지는 마시오."

일을 마치고 마을로 돌아가는 인간들은 고개를 갸우뚱 거렸으나 자신의 일이 아니니 그냥 무시하고 지나갔다.

풍차는 열심히 돌아갔다. 풍차 1개는 없어도 농장은 문제없이 돌아갔다. 매일 풍차에서는 밀이 빻아지는 소리가 크게 울렸고 동물들은 땀을 흘리며 열심히 일했다. 그러나 밀이 가장 많이 재배되는 가을이 다가오고 점점 더 생산량을 늘려갈 때 풍차는 더 많은 동력이 필요하게 되었다. 풍차 2대만으로 밀가루를 다 만들기에는 무리가 있었다. 제이는 스노볼에게 동력이 더 필요하다고 했다. 스노볼은 이미 알고 있다는 듯 인자한 웃음을 지으며 제이를 안심시키고 돌려보냈다.

그러나 일이 일어났다. 밀은 같은 양을 생산하지만 풍차의 수는 적었다. 풍차에서 나오는 밀가루의 생산량이 줄었고 인간 세계에서 파는 밀가루의 양이 줄었다. 그가 버는 루소의 양이 줄어든 것이다. 제이는 이를 해결하고자 안토니오의 임금을 삭감했다. 호세도 역시 삭감했다. 밀가루를 만드는 원가를 줄이기 위해서였다. 삭

감당한 호세와 안토니오는 루소를 버는 양이 줄었고 그들은 소비를 줄였다. 농장의 물건들을 덜 샀고 주로 울타리 밖에서 야생의 풀을 먹으며 버텼다. 이는 농장에서 물건을 파는 닭에게도 피해가 돌아갔다. 소비가 줄어드니 그들의 알은 잘 팔리지 않는 것이다. 닭들도 루소를 많이 벌 수 없어 소비를 줄였다.

그러는 중 미는 광장 앞에서 동물들에게 스노볼의 말을 전했다.

"우리 농장에 동력이 부족하게 되었습니다. 그에 따라 모든 동물들은 농장을 위해 힘을 합쳐 이 위기를 헤쳐나가야 합니다. 모두들 전기를 절약하고 풍차를 위해 힘써 줍시다. 풍차가 돌아가지 않으면 우리 농장은 큰일이 나지 않습니까. 그렇기에 농장의 동력 값을 올리겠습니다."

청천벽력 같은 소리였다. 동물들이 헛간에서 시간을 보낼 때 전기는 꼭 필요했다. 밤이 되고 해가 지면 아무것도 보이지 않는 농장에게 빛을 주는 전기였다. 또한 추운 겨울이 될 때도 난로를 피워 열을 생산해야 동물들이 살 수 있는 것이다. 그런데 그 값을 올려버리면 동물들은 부담해야 할 루소가 더 커지고 그들은 강제적으로 전력 소비를 줄일 수밖에 없었다. 동물들은 미의 말을 다시 생각해보았다. 풍차를 위해서 전기 값을 올린다. 풍차 때문에 우리의 전기 값을 올린다는 것이다. 동물들의 날 선 눈빛은 풍차를 향하게 되었다. 자신을 이렇게 힘들게 만든 풍차로. 그리고 풍차에 대한 부정적인 생각이 꼬리에 꼬리를 물고 생각났다. 밀가루 생산의 총 책임자이자 풍차의 주인인 제이가 많은 루소를 가지고 혼자만 그 기쁨을 누리는 것을 생각했다. 어떻게 그런 동물이 있다는 말인가. 동물들은 스노볼의 평등을 떠올렸다. 그렇지만 자신이 느끼기에 이는 평등하지 않았다. 그리고 느꼈다. 제이는 우리의 적이라고. 그 생각의 씨앗이 생겨났고 싹을 틔워 나갈 준비가 되었다.

9장

늦은 밤 달빛도 없는 어두운 날이었다. 작은 그림자는 농장으로 조심스레 들어왔다. 소리 없이 공기를 가르는 물체는 모든 동물들의 눈을 피해 농장을 활보했다. 검은 그림자의 걸음은 농장의 닭장으로 향했다. 닭장에는 닭들이 모두 잠을 자고 있었다. 그사이 그림자는 조심스럽게 닭들의 알들을 챙겼고 곧바로 농장을 빠져나갔다. 모든 것은 조용히 아무도 모르게 이뤄졌다.

다음 날 잠에서 깬 닭들은 깜짝 놀랐다. 자신들의 알들이 없어졌다! 하룻밤 사이 알들이 없어져 닭들은 망연자실했고 슬픔이 그들을 짓눌렀다. 그러나 마냥 슬퍼할 수만은 없었다. 닭들은 잃어버린 알들을 찾기 위해 개들에게 도움을 요청했다. 개들은 뛰어난 후각으로 냄새를 맡고 범인을 찾기 시작했다. 킁킁거리며 냄새를 맡은 개들은 냄새의 흔적을 따라 길을 걸었고 냄새는 울타리에서 끊겼다. 개들이 울타리를 넘어서까지 냄새를 따라갔으나 강에서 그 냄새는 끊겼다. 제아무리 개들이 후각이 좋아도 강을 건너간 동물의 냄새는 맡기 어려운 것이다. 개들은 추격을 중지하고 농장으로 왔다. 그리고 다시 닭들의 둥지로 가 조사를 시작했다. 그리고 의심 가는 증거를 발견했다. 그곳에서 여우의 털이 발견되었다. 농장에는 여우가 없었고 이는 농장 안 동물이 아닌 다른 동물들의 소행이며 그 동물은 여우라는 것을 알 수 있었다. 그러나 여우는 이미 강을 건너 멀리 가버린 탓에 그를 쫓아갈 수는 없었다.

소식을 들은 닭들은 알을 다시 찾을 수 없다는 것을 알고 눈물을 흘렸고 이를 알게 된 동물들은 분노했다. 동물들은 스노볼에게 여우를 크게 혼내달라고 요청했고 광장 앞에서 동물들은 여우의 도둑질을 막기 위한 대책을 세워야 된다고 말했다. 동물들은 너도 나도 할 거 없이 분노에 차 여우를 막아야 한다고 했다. 동물들의 많은 관심을 알게 된 스노볼은 즉각적으로 빠르게 대응을 했다. 그리고 연설을 했다.

"동무들, 이번 달걀 도난 사건은 참으로 유감스럽소. 나 역시도 그 여우를 잡아 크게 혼을 내고 싶소. 그러나 그 여우가 이미 도망갔고 우리는 그를 잡을 수 없소. 그렇지만 나는 여우가 다시 보인다면 크게 혼을 낼 것이오. 그리고 앞으로는 이런 일이 없도록 하겠소. 그러기 위해선 여러분의 협조가 필요하오. 모두들 여우 사건이 다시 일어나지 않도록 나를 도와줄 수 있겠소?"

양들이 가장 먼저 매에에 매에에 울어 스노볼의 물음에 답했다. 그 뒤를 이어 모든 동물들이 여우에 대한 증오로 스노볼을 지지했다. 이히힝 이히힝, 음머 음머, 꼭꼭 하는 소리들이 들렸다. 스노볼이 앞발을 들어 동물들을 조용히 시키고 나서 말을 이었다.

"좋소, 동무들이 그렇다면 나는 그에 따른 규율을 만들겠소. 오늘 안으로 생각해서 내일 해가 뜨면 미가 전달하도록 하겠소."

스노볼은 하루 종일 황금 집에서 생각에 잠겼다. 동물들은 불이 밤늦게 켜진 스노볼을 보면서 그를 칭찬했다. 열심히 일하는 스노볼이라는 생각이 들었다. 그러나 염소 휴는 무언가 불길한 예감이 들었다. 새로운 규율에 대한 불안감은 온몸에 스며들었다.

하루가 지나고 스노볼에 약속한 날이 다가왔다. 미는 동물들을 모아 스노볼의 말을 전달했다.

"이제부터 모든 헛간에 쥐를 배치해 그들로 하여금 누가 들어왔는지 살피도록 하겠습니다. 각 헛간은 의무적으로 쥐를 한 마리 이상 놓아야 하고 쥐들은 어떤 동물이 이곳을 지나갔고 왔는지 알고 이를 스노볼에게 알려주는 역할을 합니다. 쥐들은 동물들이 이상한 행동을 할 시 모두 스노볼에게 보고 하니 선량한 동물들은 쥐가 있어도 되겠지요? 그러니 선량한 여러분은 그저 평소처럼 행동하면 되는 것입니다."

휴는 깜짝 놀라 미에게 말했다.

"이 사건은 여우가 울타리를 넘어와 이렇게 된 것이 아닙니까? 그렇다면 여우를 막기 위해 울타리를 보강하거나 그곳에 쥐를 놓는 것이 더욱 효과적일 것 같습니다."

그러나 미는 휴의 말을 무시하고 바로 황금 집으로 돌아갔다. 미가 휴의 말을 듣고도 무시한 것인지 일부로 그랬는지는 몰랐다.

대신 답변은 다른 동물들이 대신해주었다. 안토니오는 휴에게 말했다.

"상관없지 않나요. 이렇게라도 나중을 대비하는 것이 좋죠. 우리는 나쁜 행동을 하지 않을 테니 괜찮을 거예요."

그리고는 다시 헛간으로 갔다. 휴식을 취하고 싶었기 때문이다. 모든 동물들은 헛간으로 갔고 휴만이 혼자 남아있었다. 그는 영혼이 빠진 동물처럼 "이것은 이제 시작이야, 시작이라고."라고 중얼거리며 가만히 서 있었다. 돌아가는 길에도 그는 계속 중얼거렸지만 그것이 무슨 소리인지 알아듣는 동물들은 없었다.

이틀이 지나고 스노볼은 광장에서 말했다.
"모든 동물들은 불합리한 일이 있으면 이야기를 하시오. 닭들 역시 여우로 인한 피해를 입지 않았소? 이를 정확하게 알고 대응하는 것이 올바른 농장의 길이요. 동물이 같은 동물을 괴롭히는 일은 절대 있을 수 없는 일이오. 우리는 모두 위대한 동물들이고 같은 동물이오. 그러니 동물들 때문에 생기는 일은 서슴지 않고 앞으로 나와 말하시오. 최선을 다해 돕고 힘을 보태겠소."
스노볼의 연설이 끝나자 미는 설명을 덧붙여 말했다.
"동무들, 스노볼은 그대들을 사랑합니다. 약한 동물의 편이고 언제나 그들을 생각하는 정의로운 동물이지요. 이런 스노볼의 생각을 따르고 평등한 농장을 만들고 싶다면 나와서 스노볼에게 이야기하세요. 무서워하지 말고요. 스노볼은 그대들을 도와 함께하는 농장을 만들 것입니다."
스노볼은 평화와 평등을 위해 동물들에게 자신의 목소리를 내라고 말했다. 동물들은 모두 놀랐다. 이토록 약한 동물들을 생각해주는 지도자가 있다니. 스노볼은 멧돼지와 더불어 모든 동물들을 사랑했다. 동물들의 안전을 위해 풍차도 없앴다. 동물들은 한

줄기 빛을 본 듯한 느낌이었다. 그리고 한 동물이 눈을 반짝이며 다음 날 말할 준비를 하고 있었다.

다음 날 아침이었다. 광장의 연설대 앞에서 한 동물이 올라가 모든 동물들을 주목시켰다. 그 동물은 모든 동물들의 앞에 섰지만 자신있는 모습이 아닌 약간 소극적으로 고개를 떨구고 주위를 두리번거렸다. 마치 누군가가 해를 끼치지 않을까 하는 두려움이었다.

"동물 여러분, 나의 억울한 일을 들어주세요. 나는 알을 낳아서 새끼들을 키우거나 그대들에게 배급해 농장을 배부르게 하는 닭입니다. 나에게 알은 성스럽고 존엄한 존재입니다. 그런데 몇 주 전부터 회색 돼지 노스와 우두머리 개 에이미가 나의 알을 훔쳐가는 것입니다. 처음에는 그들이 지나가면 알이 없어져 의심을 했습니다만 이제는 눈앞에서 대놓고 알을 훔쳐가는 것입니다. 그리고 '오늘은 알이 참 예쁘군.' '나는 알이 참으로 좋아.' '나는 그대의 알이 좋아.'하는 말을 했습니다. 그 말을 들은 저는 참으로 수치스러웠습니다. 나를 그저 알을 낳는 도구로 본다는 것이니까요. 아아, 저는 이 때문에 하루하루가 고통스러웠습니다. 오늘도 나의 알을 뺏어갈까 노심초사하고 하루라도 그들의 얼굴을 보는 것은 공포와 같았습니다. 이를 이야기하고 도움을 받고 싶었지만 제가 어떻게 황금 집 동물들에게 말을 할까요. 그동안 참았지만 스노볼의 말로 인해 지금 용기를 내어 말씀드려봅니다."

모든 동물들은 닭의 말을 듣고 안타까워했다. 그리고 용기를 불어놓고 싶어졌다. 동물들은 닭에게 박수를 치고 환호를 보냈다. 그러자 다른 닭들도 자신의 알이 뺏긴 것에 대해서 아픔을 토로했다. 노스와 에이미가 한 마리가 아니라 많은 닭들의 알을 훔쳤고 그들에게는 조금도 죄책감이 없었다는 것이다. 닭들은 무서움을 이겨내고 진실을 말했다. 용기를 내서 말한 닭들에게 동물들은 가서 안아주고 위로해주었다. 모두가 환호 속에서 닭을 감싸줄 때 양들은 이를 달갑게 보지 않았다. 양들은 닭에게 가서 시끄럽게 울어댔다.

"그런 불합리한 말을 왜 지금 하는 것이냐!"

"그저 알 1개 먹은 것인데 심한 반응이다."

"닭을 사랑하는 마음으로 그런 것인데 왜 그러느냐."

여러 가지 이유를 들으며 닭을 비난했다. 양들은 노스를 옹호하며 그들이 한 행동이 문제가 없다고 말했다. 비록 모든 동물들은 닭을 옹호했으나 양만 닭을 비난했다. 양들은 노스를 수호하기 위해 필사의 노력을 했고 그 기세에 놀란 닭들은 닭장으로 도망갔다.

　다음 날 스노볼이 닭들의 말에 대해 대답을 할 차례였다. 동물들은 스노볼이 닭들에 대해 어떤 행동을 할지 노스와 에이미를 어떻게 조치할지 궁금했다. 곧이어 스노볼이 나타났다. 스노볼은 닭 사건에 대해 조사하고 잘 처리하겠다고 간단하게 말을 하고 바로 뒤돌아 황금 집으로 갔다. 질문은 받지 않았다. 이렇게 중요한 사항에 스노볼이 대수롭지 않게 대처하고 무관심한 태도를 보인 것은 무엇인가. 어째서 질문에 대해 침묵을 하는 것인지 궁금증이 들었다. 스노볼과 황금 집 돼지들은 같은 돼지라 그들을 감싸주는 것인가? 스노볼이 한 말로 인해 닭들이 용기를 내서 말을 했는데 이를 외면하는 것인가? 혹시 어디가 아픈 것은 아닌가? 하는 궁금증이 꼬리에 꼬리를 물고 생각났다.
　그때 미가 나타나 동물들에게 말했다.
　"여러분, 지금 저 닭들이 너무나 슬픈 나머지 잘못 알고 있는 것 같습니다. 돼지와 개는 그저 닭들을 향해 칭찬을 했을 뿐인데 그들이 너무 과잉 반응을 하는 것이지요. 저도 닭들에게 알이 참 맛있다고 하는데 이것이 잘못된 것인가요? 그리고 돼지들이 알을 훔쳐갔다는 사실은 아직 제대로 밝혀진 것이 없습니다. 지금은 닭들의 말만 있으니 개들에게 수사를 요청해 사실을 밝히겠습니다."

동물들은 무언가 찜찜한 기분이 들었지만 일단은 개들이 조사를 어떻게 하는지 알아야 했다. 수사는 즉시 이루어졌다. 개들은 닭의 둥지를 찾아 냄새로 어떻게 된 정황인지 생각하고 깊은 고심에 빠졌다. 그리고 다시 알을 훔친 노스를 찾아 수사를 하기로 하였다. 그러나 알을 훔친 노스는 없었다. 닭들의 연설 이후 어디론가 사라져 버린 것이다. 주변의 회색 돼지들에게도 모두 물어봤으나 모두 모른다는 답변이었다. 개들은 노스를 찾아 반나절 동안 찾았지만 발견한 것은 없었다. 노스를 찾아야 수사가 되는데 그가 없다니. 그가 없으면 수사는 의미가 없었다. 개들은 포기하고 황금 집으로 돌아왔다. 이제는 우두머리 개에 대한 수사가 이루어져야 할 때였다. 그러나 개들은 자신보다 힘이 센 에미를 수사할 수 없었다. 그러나 닭들이 지속적으로 도움을 요청하고 진실을 밝혀달라 요구하자 이번엔 새로운 닭이 나섰다.

그 닭은 닭들 옆에 있는 수탉으로 암탉들과 함께 살고 있었다. 돼지들이 몰래 알을 훔쳐 가려 해도 그 수탉의 눈에는 보였던 것이다. 그도 이에 대한 분노에 휩싸였지만 암탉들이 나서서 연설을 하면 모든 것이 해결될 줄 알았다. 그러나 그렇지 않은 것을 보고 수탉은 진실을 말하려 했다. 그렇지만 그 연설에 양들이 보복을 할 것 같아 양들이 행패가 두려운 닭은 야심한 밤 조용히 로키에게 진실을 말했다. 오랜 시간이 걸렸지만 로키는 하나하나 다 적었고 다음 날 아침 로키는 동물들에게 자신이 들은 말을 정확하게 전달했다.

로키는 하루 전날 쓴 닭의 호소를 또박또박 명료하고 상세하게 말했다. 한 글자 한 글자 생각하고 조심스럽게 말을 하여 닭들의 피해를 전달했다. 수탉에게서 전달된 로키의 말에는 아직 밝히지 못하는 진실과 밝은 빛을 바라는 마음이 있었다.

"로키여, 암탉의 말들은 모두 사실입니다.

돼지와 개는 암탉이 소중히 여기는 알들을 훔쳐 갔고 그들에게 입막음을 시켰습니다.

자신의 잘못이 밖으로 나가기를 두려워해 암탉으로 하여금 조용히 하라 말한 것입니다.

그러기 위해 많은 식량과 따뜻한 둥지를 주었고 말하면 큰일이 날 것이라는 협박도 했습니다.

암탉들은 알을 주기 싫었지만 돼지와 개의 협박에 입을 다물고 있었습니다.

결국 가여운 우리 암탉들은 아무것도 못 하고 그들에게 매일 알을 빼앗길 수밖에 없었죠.

그렇지만 암탉들은 드디어 용기를 냈습니다. 모든 사실이 밝혀지고 알을 훔친 회색 돼지를 벌하라는 염원이 담겼습니다.

하지만 어떤 일인지 스노볼은 아무 말도 없고 개들의 수사는 이루어지지 않는군요.

아마 무언가 우리가 모르는 압력이 있었겠지요.

그렇지만 그 압박에 대해 우리는 투쟁해야 합니다.

스노볼에 말했듯 동물들은 평등하게, 다른 동물들을 괴롭히지 않는 농장이 되어야 합니다.

그러니 스노볼에게 요구합시다.

진실을 밝히고 덮지 말라고."

이야기를 모두 들은 동물들은 참을 수 없었다. 그리고 말을 한 동물이 누구인지 궁금했다. 로키가 말을 한 수탉이 누구인지는 밝히지 않았기 때문이다. 그렇지만 그 말은 사실임을 알 수 있었고 많은 동물들의 지지를 얻었다. 동물들은 열광해 모두 스노볼을 외쳤다. 사라진 돼지는 어쩔 수 없지만 같이 죄를 지은 우두머리 개를 처벌하라고 농장에서 내쫓으라고 했다. 동물들의 외침은 정의를 위한 외침이었고 양을 제외한 모두가 모였다. 그리고 곧바로 미가 나타났다.

"여러분, 이 모임의 시작은 수탉의 증언 때문입니다. 저희 중 한 명이 그 수탉을 보았지요. 그의 이름은 코어, 그가 로키에게 말을 하는 것을 보았습니다. 아직 개들의 수사가 끝나지 않았는데 이러는 것은 옳지 않습니다. 개들의 수사로 진실이 밝혀지겠지요. 그렇지만 이런 수사도 없이 사실로 받아들여지는 것은 정말 멍청한 짓이지요. 여러분들이 모일 이유는 아직 없습니다. 단순히 그 글로 인해 여러분들이 모여 이런 혼란을 만들어내다니 참으로 안타깝습니다. 마치 작은 불씨가 큰 우리의 농장을 태워 먹는 꼴입니다. 이런 식으로 농장을 혼란에 빠트린 수탉을 꼭 엄중히 조사하겠습니다. 그러니 여러분은 이제 돌아가서도 됩니다."

미는 말을 전달한 수탉의 이름을 정확히 명시하고 그 부분을 크게 말했다. 그리고 그를 나쁜 동물로 취급했다. 동물들은 미의 말에 크게 걱정했다. 수탉의 이름을 공개한다면 그가 위험해질 수 있기 때문이다. 이런저런 걱정을 하던 사이 조용히 듣고 있던 양들은 큰 결심을 하는 듯 보였다.

그날 밤 모든 양들은 코어의 집으로 찾아갔다. 모두가 자고 있을 그 시간 양들은 일제히 빠르게 움직여 코어의 집 앞에 멈추었다. 모든 양들이 모였고 가장 앞의 양이 크게 울었다. 그리고 그

양을 따라 다른 양들도 모두 울기 시작했다. 많은 양들의 소리는 시끄러웠고 그 때문에 코어는 잠에서 깨버렸다. 양들은 코어가 잠을 잘 수 없게 지속적으로 울었다. 한 양이 지치면 다른 양들이 크게 울었고 회복한 양은 다시 울어대었다. 그 울음은 밤새 지속되어 코어를 괴롭혔다.

코어는 잔뜩 화가 났다. 그래서 스노볼의 연설이 있던 날 그의 앞에서 양들의 울음으로 인해 고통받았다고 말했다. 그러나 스노볼은 언제나 같은 인자한 웃음으로

"양들은 우리의 친구요. 그들이 울었다고 미워해야 할 이유는 없지요. 그들이 있어 농장은 더욱 활기차게 됩니다."

라고 말했다.

스노볼은 양들을 미워하지 않고 감싸주었다. 달걀을 훔친 개, 에이미는 역시 잘못을 했지만 보호해주었다. 막강한 힘을 가진 에이미는 자신의 편이기 때문이다. 에이미 밑의 로키는 진실의 편에서 에이미를 수사하려 했다. 그렇지만 스노볼과 돼지들은 조사를 하지 말라고 압박을 넣었고 만약 한다면 쫓겨날 수도 있다는 위협을 했다. 로키는 꼬리를 내리고 조용히 들어갔다.

그러는 사이 닭들의 말은 조용히 동물들에게 잊혀져갔다. 스노볼이 아무런 반응을 하지 않고 대응을 하지 않기 때문에 동물들

은 신경을 쓸 수가 없었고 시간이 지나면서 동물들은 망각했다. 그렇게 닭들의 사건은 그렇게 조용히 잊혀져갔다. 그리고 새로운 사건이 동물들을 기다리고 있었다.

10장

따뜻한 봄 공포는 예고 없이 찾아왔다. 닭 한 마리가 열과 토를 하고 쓰러졌다. 닭은 숨을 가쁘게 쉬면서 자신이 죽는다는 것을 아는 듯 그가 사랑하는 동물들을 보았다. 그리고 눈을 감았다. 주변에 모인 닭들은 그의 죽음을 슬퍼하고 눈을 감겨 주었다. 그러나 문제는 그로부터 시작되었다. 그 뒤로 죽은 닭과 근처에 있던 닭들은 같은 증세를 보였다. 처음에는 몸의 체력이 약해서 힘들어하는 것이 아닐까 하는 생각을 했다. 그러나 주변의 닭들도 함께 열과 구토를 하며 쓰러져 갔고 동물들은 그제야 뭔가 이상하다는 것을 알았다. 이에 동물들은 단순한 죽음이 아니라 어떤 병에 걸린 것이라고 생각했고 동물들은 스노볼에게 원인에 대해 알아보아 달라고 했다. 그러나 스노볼은 그저 단순한 감기로 취급하고 별로 신경을 쓰지 않았다. 그러나 갈수록 열과 구토를 하며 죽어가는 닭들이 많았고 동물들의 요구가 끊이지 않았기에 스노볼은 조사팀을 꾸리기로 했다.

다음 날 인간이 농장으로 왔다. 큰 키에 비닐로 된 옷을 입고 얼굴은 무언가를 쓰고 있었다. 마치 겨우 숨만 쉬도록 만들어진 방독면 같았다. 그가 쓴 안경은 그를 더욱 지적으로 보이게 만들었다. 인간은 닭의 상태를 확인했다. 닭의 발을 잡고 거꾸로 돌린 뒤 몸과 머리, 다리까지 상세하게 관찰했고 유심히 보며 생각을 했다. 그리고 동물들에게 물었다.

"이 닭이 어떠한 증상을 보이면서 죽었습니까?"

닭들의 우두머리 중 한 마리가 나와 인간에게 죽은 닭에 대해 상세히 설명했다. 그가 무엇을 했는지 어디를 갔다 왔는지, 어떻게 힘든 기색을 보이며 세상을 떠났는지 말했다. 인간은 고개를 끄덕이며 연신 "그렇군."이라 말했다. 그는 무언가 짐작이 가는 듯했다. 그리고 닭에게서 피를 뽑은 뒤 "결과는 1주일 뒤에 나온다."라고 한 뒤 다시 본인의 마을로 돌아갔다.

일주일 하고도 하루가 조금 지난 날이었다. 농장의 우체통 앞에 한 편지와 와있었다. 그 편지 속에는 충격적인 것이 적혀 있었다. 스노볼은 광장 앞에서 동물들에게 결과를 알려주었다.

"동무들, 닭들이 걸려 쓰려진 이유를 밝혀냈소. 닭들은 붉은개미들로 인해 죽임을 당한 것이오. 붉은개미는 독을 품은 개미들이오. 독을 품은 그 개미가 우리를 물면 독을 주입하지. 그러면 1주가 지난 뒤 증상이 나타나며 서서히 몸이 아프게 된다오. 몸속에 들어간 독은 열과 구토를 유발하고 심하면 죽음에 이르오. 개미들은 크기가 참으로 작아 우리 눈에 잘 보이지가 않소. 그래서 우리가 볼 때 닭들이 이유 없이 쓰러진 것이오. 죽은 닭은 처음에 마을 밖 붉은개미집으로 간듯하오. 붉은개미들 몇몇은 닭에게 붙었고 아무것도 모르고 온 닭은 처참히 죽임을 당했지."

동물들은 농장의 근처에서 다니는 개미들을 떠올렸다. 단순히 개미들이 집을 지어 사는 줄 알고 무시하면서 다녔던 그 집. 그곳에서 나온 개미들이 농장에 피해를 끼치다니. 그들과 농장은 걸어서 30초밖에 걸리지 않는 짧은 거리였다. 그렇기에 개미들은 농장으로 들어온 것이다. 개미들의 위협을 떠올리며 동물들은 개미들이 자신들을 해치는 상상을 했다. 그러는 사이 스노볼은 말을 계속 이어갔다.

"그런데 정말 큰 문제가 있소. 그 개미는 근처 다른 동물들에게 붙어 그들도 몸을 아프게 한다오. 이 붉은개미는 너무 작아 눈에 보이지 않으면서 바람을 타고 바로 옆 동물에게도 전염이 된다는 것이오. 동물이 근처 두 발자국 안에 있으면 개미가 날아가 다른 동물에게 붙어 다시 물어버린다오. 그렇게 물려버린 동물은 같은 병을 앓게 되는 것이오. 이 개미의 독은 강하므로 나이가 많거나 어린 동물들, 즉 약한 동물들은 조심해야 할 것이오. 젊은 동물들은 개미의 독을 이길 힘이 있으나 약한 동물들은 그렇지 못하오. 그래서 나는 특단의 조치를 내리겠소."

동물들은 스노볼이 어떻게 할지 궁금해했다. 혹시 자신도 붉은 개미에게 물리진 않을까 생각하고 모든 동물들은 절망에 빠졌다. 스노볼은 다시금 큰 목소리로 말을 이었다.

"그러니 앞으로는 모든 동물들의 모임을 제한하겠소. 같이 다니지도 말고 접촉도 하지 마시오. 또한 야외 활동을 제한할 것을 명하오. 이것은 모두의 안전을 위한 조치요. 그러나 이를 어길 시에는 엄하게 처벌하겠소. 앞으로는 개들이 농장을 돌면서 그대들을 관찰할 것이오. 그러니 모임을 조심하고 조용히 다니시오. 다른 동물에게 해가 되지 않게."

그리고 갑자기 스노볼의 등 뒤로 많은 비둘기들이 날아왔다. 셀수 없이 많은 비둘기들이 스노볼의 뒤에서 날아다녔다. 그리고 모든 동물들에게 날아갔다. 처음에 동물들은 비둘기들이 공격하는 줄 알았다. 그래서 혼비백산해 도망갔지만 뒤에는 개들이 지키고 있었다. 으르렁거리진 않았지만 그 위압감에 더 도망갈 수 없었다. 스노볼은 모든 동물들을 진정시키고 말했다.

"동무들, 농장의 방역을 위해 비둘기들의 도움을 받기로 하였소. 한 마리의 비둘기는 한 동물의 등에 앉아 그대들이 어디를 가는지 무엇을 하는지 지켜볼 것이오. 그래서 동선을 파악하고 혹시나 붉은개미가 옮겨진 동물은 없는지 확인하기 위함이지. 그렇기에 모든 동물들은 비둘기를 한 마리씩 보유하고 있어야 하오. 지금부터 동물 한 마리당 한 비둘기씩 맡기로 하겠소."

스노볼이 말을 듣고 난 동물들은 비둘기들이 공격하지 않는다는 것을 알고 순순히 비둘기들에게 자신의 등을 내주었다. 비둘기들의 발은 날카로워 살을 파고들었지만 농장을 위해서라면 이렇게 해야 하지 않겠는가. 말과 소 그리고 양과 염소의 등에는 비둘기가 앉을 수 있었지만 작은 동물인 닭, 토끼, 고양이는 몸집이 작아 등에 앉을 수 없었다. 그래서 비둘기들은 옆에서 그들과 같이 다니기로 했다. 휴는 떨떠름한 표정으로 말했다.

"동물들이 무엇을 하는지는 쥐들로 인해 알 수 있지 않습니까? 비둘기들까지 하는 이유가 무엇입니까? 이는 각 동물들의 사생활을 침해하는 것이 아닙니까?"

"쥐들은 헛간을 지키는 역할이고, 비둘기들은 헛간 밖에서의 역할을 하지요. 그대들이 헛간 밖에서 다른 동물을 만난 것은 쥐들은 알 수 없지 않소? 이를 보완하고자 비둘기들을 모은 것이오.

그리고 새들이 사생활을 침해하다니 그들은 그저 동무들의 곁에서 안전을 책임지는 것이오. 그대들이 누구를 만났는지 알아야 같이 만난 동물들이 누구인지 알고 대응을 할 수 있지 않소."

스노볼의 결연한 말투는 그의 강인한 의지를 보여주었다. 어떤 식으로든 농장을 지키려는 모습이 보였다. 행복농장도 동물농장처럼 인간들을 쫓아내고 세운 농장이라 자유는 최고로 소중했다. 그러나 개미가 농장에 다니는 이 상황에서 그들의 자유는 지킬 수 없었다. 오히려 스노볼의 통제만이 농장의 생활을 가능하게 했다. 동물들이 자유롭게 다닌다면 농장은 개미로 인해 모두가 아프고 힘들 것이라 생각한 모든 동물들은 스노볼의 통제에 잘 순응할 예정이었다. 비록 그것이 동물들의 행동과 자유를 예속하더라도.

이번에는 호세가 질문했다.

"스노볼 동무, 나는 최근에 붉은개미집과 우리 농장을 잇는 길이 생긴 것을 보았소. 그곳에는 돼지의 발자국이 있던데 그것은 무엇이오? 설마 돼지들이 그런 일을 한 것이오?"

"무슨 말도 안 되는 소리. 그것은 카프때문이오. 쫓겨난 카프는 농장에 앙심을 품고 우리를 해치기 위해 붉은개미를 우리 농장에

들인 것이오. 그렇기에 그곳에 돼지 발자국이 있는 것이지."

동물들은 모두 놀랐다. 오랜만에 듣는 이름, 카프였다. 카프가 농장에게 앙갚음을 하려 붉은개미를 들였다니! 동물들은 금세 카프에 대한 분노로 휩싸였다. 호세는 다시 질문을 이었다.

"스노볼 동무, 그렇다면 일단 개미들이 우리 농장에 들어오지 못하게 막아야 하는 것이 아니오?"

호세의 질문은 당연했다. 병의 원인인 개미를 막아야 했다. 모든 동물들이 호세의 생각에 동의했으나 스노볼의 생각은 달랐다.

"무슨 소리요? 개미들도 소중한 생명들인데. 우리가 그들의 자유를 막는다는 것은 옳지 않소. 약한 개미라고 그들을 괴롭히는 행위는 불허하오."

스노볼이 개미를 막지 않는 이유는 아무도 이해할 수 없었다. 그렇지만 양들이 갑자기 "스노볼은 옳다. 스노볼은 옳다."라고 울어대는 바람에 아무도 말을 할 수 없었다.

다행히 나중에 로키가 나무를 몰래 개미집과 농장 사이에 두어 개미의 출입을 방해했다. 스노볼의 명령을 거역하고 독단적으로 행동한 것이었다. 나무 때문에 개미는 더 이상 들어올 수 없었다. 동물들은 누가 나무를 두었는지 몰랐지만 참으로 용감한 동물이라 생각했다.

1주가 지나고 스노볼은 붉은개미가 퍼지지 않도록 옷을 입어야 된다고 말했다. 개미가 몸에서 몸으로 날아가니 동물들은 옷을 입어 자신의 몸에 있는 개미를 날아가지 못하게 억제해야 다른 동물에게 퍼지지 않을 수 있다. 그리고 혹시나 개미가 날아오더라도 옷에 붙기 때문에 동물을 물지 않는다. 모든 동물들이 옷을 찾으며 입으려 했으나 농장에는 옷이 없었다.

사실 원래 농장에는 인간들이 입었던 옷이 있었으나 스노볼이 인간들의 잔해는 보기 싫다며 모두 없애버린 것이다. 이 행동은 황금 집에서 아무도 모르게 이루어졌고 갑자기 옷들이 사라진 농장은 옷이 귀중품이 되었다. 옷을 가진 동물들은 개들밖에 없었다.

그때 스노볼이 나타나 동물들을 구제해주었다.

"동무들, 농장에 옷이 부족하기에 나는 옷을 직접 만들어 그대들에게 배급하도록 하겠소. 황금 집에서 주는 옷이니 아주 싼 루소로 살 수 있도록 할 것이오. 그러니 모두 옷을 입고 다녀주시오. 입은 옷은 더러워지니 매주 다른 옷을 입고 다니는 것이 좋소. 매일 바꿔도 무리 없을 만큼의 옷을 생산하고 제공하겠소."

스노볼은 제이에게 인간 세상과 연락해 옷을 구하라고 전했다.

다행스럽게도 인간들은 옷을 제이에게 팔았고 옷을 구한 제이는 스노볼에게 주어 배급하라고 했다.

다음 날부터 스노볼의 배급은 시작되었다. 옷을 구했지만 농장에 수량이 부족해 한 마리의 동물이 일주일에 한 옷만 받을 수 있었다. 배급은 원가를 생각해 루소를 주고받아야만 했었다. 스노볼이 싸다고 말했지만 그렇게 느끼는 동물은 없었다. 제이는 자신이 가져온 루소보다 더욱 비싸게 파는 스노볼을 보고 의문이 들었다. 그러나 풍차도 없앤 스노볼이기에 차마 솔직하게 말할 수는 없었다.

동물들은 너도나도 할 거 없이 옷을 샀다. 배급은 미가 했다. 광장에서 준비한 옷을 미가 루소를 받고 팔았다. 그러나 준비한 옷들은 모두 동이 났고 못 받은 동물들이 생겨났다. 그렇지만 한 달이 지난 후에는 동물들이 모두 받을 수 있었다. 옷 가격이 부담되는 동물들이 있었고 그들은 한 옷을 한 달이 넘도록 입었기 때문에 매주 배급을 받지 않아도 되는 것이다.

한 달이 지나고 모든 동물들이 여유롭게 옷을 입고 안정을 되찾게 되었으나 붉은개미병으로 인해 모든 동물들이 의기소침하고 자존감이 떨어지게 되었다. 붉은개미병은 그들을 약하게 만들었던 것이다. 떨어진 자존감은 칭찬으로 일으킬 수 있는 법이다. 스노볼은 광장으로 나와 동물들과 옷이 생긴 기쁨을 나누었다. 이것은 자랑스러운 농장의 방역이며 모두의 노력으로 일군 것이라 했다. 그리고 이제는 붉은개미병이 없어질 거라는 희망을 불어넣었다. 그리고 옆에서 양들은 "위대한 스노볼, 위대한 스노볼."을 연신 외치며 그를 숭배했다. 자화자찬하며 이 모든 성과는 스노볼 덕이라고. 스노볼도 양들의 말에 응답하며 축배를 들었다.

그러나 휴는 이 병이 빠르게 없어지지 않을 것이니 빠른 자화자찬은 금물이라 했다. 그러자 스노볼의 표정이 잠시 일그러졌다. 하지만 다시 웃음을 지으면서 "위대한 모든 동물들의 노력과 나의 고생으로 이러한 멋진 방역을 일구었는데 무슨 말이오? 허튼 소리해서 농장을 폄훼하지 마시오."라며 호통을 치면서 휴를 혼냈다. 휴의 말에도 자화자찬은 낮아진 동물들의 자존심과 자긍심을 일으켰다. 스노볼의 말 덕에 동물들은 자신 있게 다닐 수 있었다.

그러나 붉은개미로 인해 토끼들이 전처럼 많이 움직일 수 없었고 농장 밖에서 야채를 뽑아 파는 토끼는 루소를 벌기 어려웠다. 또한 동물들이 밖에 나오지 않으니 닭의 알은 잘 팔리지 않았다. 양의 털도 붉은개미가 있을 수 있어 인간들은 싼값에 털을 샀다. 안토니오와 호세도 야외활동을 자제하기 때문에 밖에서 일하는 시간이 줄어들었다. 결국 농장의 생산은 줄어들었다. 붉은개미로 인해 농장의 경제는 침체기였다. 많은 동물들이 가난해졌다. 그렇기에 스노볼은 루소를 배급하여 경제가 다시 활성화되도록 한 것이다.

"지금 농장에 활력이 없는 상태로 인해 더 가난해진 동물들이 있을 것이오. 나는 그들을 위해 일정량의 루소를 모두에게 공급하도록 하겠소. 위축된 농장을 조금이라도 더 활발해지기 바라는 마음이오. 대신 빠르게 루소를 써야 하오. 그래야 경제를 빠르게 복구시킬 수 있으니."

모두의 이동을 제한하지만 루소를 주며 나가서 소비하라는 스노볼의 말에 모순이 있었지만 동물들은 눈앞에 루소에 기뻐했다.

루소로 인해 농장은 조금이나마 다시 활발해졌다. 동물들은 다시 경제활동을 시작했다. 달걀은 잘 팔리고 풍차는 다시 돌아갔다. 스노볼은 자화자찬하며 다시 자신의 업적을 밝혔다.

"동무들, 다시 농장이 활발하게 돌아가는 것 같아 참으로 기쁘오. 우리는 할 수 있습니다. 하지만 모두에게 루소를 주니 이제 농장의 창고가 많이 비었소. 이를 채워 넣기 위해 앞으로 조금 더 많은 세금을 걷을 것이오. 모두의 양해를 바라오."

배급받은 루소로 활발해진 농장에 스노볼은 다시 한번 말했다.

앞으로 세금을 더 걷는다고. 루소를 배급한다고 농장의 창고가 많이 비어있다는 이유였다. 동물들은 세금을 더 걷는다는 것에 놀랐지만 농장의 이익을 위해 하는 것이니 감안했다.

동물들의 루소는 금세 다 떨어졌다. 모든 루소를 써버린 동물들이 루소배급을 다시 원하겠다고 생각한 스노볼은 대책을 세웠다. 스노볼과 이야기를 한 미는 광장에서 말했다.

"여러분, 루소가 떨어졌을 겁니다. 경제를 위해 다시 한번 루소를 줄 것입니다. 그러나 농장의 창고를 생각해서 가난한 동물부터 선별적으로 지급하겠습니다."

가난한 동물들(토끼, 닭, 양)은 당연히 받으니 상관이 없었지만 가진 동물들(제이, 안토니오, 호세)은 약간 화가 났다. 농장의 창고는 자신들이 낸 세금으로 많은 부분 채워 농장을 이끌어 가는 데 도움이 되었는데 받은 혜택은 없다니. 이해를 할 수 없었다. 그리고 가장 황당한 것은 이를 모두 스노볼의 업적이라며 생색을 내고 있는 것이다.

그러자 스노볼로 인해 나누어진 편은 서로가 서로를 물어뜯고 있었다. 길을 지나가다 다른 편이 지나가면 헐뜯었고 무시했다. 루소를 가진 동물들은 본인이 납세한 세금을 그대로 동물들에게 나누어주는 것이 못마땅했고, 루소를 가지지 않은 동물들은 가진 자들이 왜 받냐며 화를 냈다. 그들은 스노볼에게 돌릴 화살을 다른 편에게 돌렸다. 사건의 중심인 스노볼은 이를 알고 있는지 몰랐다. 그러나 휴는 보았다. 스노볼이 서로가 싸우는 모습을 보며 크게 웃음을 터트리는 것을.

붉은개미가 창궐한 지 3달이 지나서 스노볼은 새로운 선포를 했다.

"동무들, 농장에 옷이 이제 쉽게 구할 수 있게 되어 옷을 입지 않은 동물은 없을 것이오. 그렇지만 옷이 불편하다 하여 입지 않는 동물들이 있는 것 같소. 비둘기들이 늘 보고 있지만 그들의 눈을 피해 입지 않은 동물들을 나는 보았소. 이는 농장의 방역에 큰 위해를 끼치는 행동이고 동물이오. 그러니 이 동물에게 큰 벌을 내리려 하오. 가진 루소를 걷는 것이지. 혹시나 옷을 입지 않은 동물을 본다면 우리에게 와서 신고를 하시오. 그렇다면 포상을 하겠소."

스노볼은 동물들에게 서로가 서로를 감시하도록 만들었다. 그리고 포상을 만들었다. 그때부터 동물들은 눈을 부릅뜨고 서로가 서로를 감시했다. 혹시나 옷을 입지 않은 동물을 찾을 때 받는 포상을 원하기 때문이다. 동물들이 서로가 서로를 감시하기 때문에 어느 곳에서도 옷을 벗을 수 없었다. 눈은 사방에서 크게 서로를 주목했고 누구도 자유로울 수 없었다.

최근에는 닭이 물가에서 물을 마신다고 옷을 벗었다. 근처에 아무도 없는 것을 보았기 때문이다. 그렇지만 그사이 양 한 마리가 그것을 보고 스노볼에게 신고를 했다. 결국 그 닭은 가진 루소를 벌금으로 뺏기고 뺏긴 루소는 양에게 돌아갔다. 스노볼은 이것을 높이 사고 칭찬했다. 이 사건으로 동물들은 서로를 더욱 신경 쓰고 감시하게 되었다.

시간이 지나 농장에서 붉은개미들에 의한 피해는 많이 줄어들었다. 개미에게 물려도 잠시 몸을 앓다가 회복하는 동물들이 많았다. 호세도 병에 걸렸으나 며칠만에 나았다. 토끼 가족들도 걸렸으나 나았다. 동물들은 이제 붉은개미병이 없어지는 것은 아닌지 기대했다.

그러는 사이 휴는 붉은개미의 출입을 방지하기 위해 놓은 나무를 보기 위해 그 장소로 갔다. 그런데 그 자리에 있었던 나무가 없었다. 오히려 카프가 만든 길보다 더 넓은 길이 있었다. 그 길은 개미와 농장을 잇는 길이였다. 작은 길이였지만 풀들이 모두 깎여있었고 개미 군단이 족히 지나갈 공간이었다. 누가 이런 일을 했는지는 몰랐다. 나무를 치운 동물은 붉은개미가 계속 들어오기를 바라는 것 같았다. 휴는 붉은개미가 들어옴으로써 이득을 보는 동물이 누구인지 생각했다. 그리고 한 동물을 떠올렸다.

11장

스노볼이 농장에 온 지 3년째 되는 날이었다. 농장은 오늘도 열심히 돌아가면서 각자 생활을 했다. 붉은개미는 어느새 많이 없어졌다. 완전히 없어지진 않았지만 걸린 동물의 수는 줄어들어 생활에 큰 지장은 없었다. 그러나 모두가 가난해졌다. 야외활동과 일을 하지 못하니 수입이 줄어든 것이다. 결국 루소가 없는 동물들은 먹고 살기 위해 자신의 헛간을 제이와 황금 집의 돼지, 개에게 팔았다. 안토니오와 호세는 헛간을 가지고 있었지만 팔려고 생각을 할 정도로 가난해졌다. 헛간 없이 길거리에서 생활하는 동물들은 점점 많아졌다. 닭들과 토끼, 몇몇 양들이 광장에서 잠을 청했다. 그러자 동물들은 스노볼에게 헛간에 대한 대책을 내놓으라고 요청했다. 연설대에서도 매일 동물들은 스노볼에게 헛간에 대해 대책을 놓으라고 말했다.

그러자 미는 광장에 나와 동물들에게 말했다.

"여러분, 농장에 헛간은 충분합니다. 그렇지만 여러분들이 자신만의 헛간을 가지지 못하는 것은 모두 다 넓은 집을 가진 제이 때문입니다. 제이가 여러분의 헛간을 빼앗아가고 있죠. 또한 넓은 집이 여러분의 공간을 빼앗고 있죠. 참으로 이기적인 동물이 아닙니까? 같이 살아야 할 동물들의 헛간을 빼앗는 것이 같은 동물로서 할 일입니까? 앞으로 헛간을 가진 동물들에 대해 스노볼이 대책을 세울 것입니다."

동물들은 환호성을 질렀다. 자신들도 헛간을 가질 수 있구나 하는 생각은 그들을 기쁘게 만들었다. 집을 가진 제이를 탄압하면 헛간을 싸게 내놓을 것이다. 그러면 자신들도 헛간을 가질 수 있지 않은가. 동물들은 자신도 헛간을 가질 수 있다는 희망이 생겼다. 동물들은 스노볼을 연신 외치며 지지했다. 그리고 생각했다. 이제 모든 동물들은 집을 가질 수 있다. 자신만의 집을 가질 수 있다.

스노볼은 새로운 규율을 만들었다. 규율을 만드는 것에는 황금 집 동물들의 동의를 받아야만 했다. 황금 집의 모든 돼지와 개들은 새 규율을 만드는 것에 찬성했다. 비밀투표로 이루어졌고 한 동물을 빼고 모두 찬성을 했다. 반대의견이 누구인지 몰랐으나 대부분 동물들은 개 중 한 마리로 생각했다.

새로운 규율은 다음과 같았다.

모든 동물들은 헛간을 보유하거나 거래할 때 많은 양의
세금을 내야 한다.

스노볼은 모두가 헛간을 가지기 위해서는 집에 대한 세금을 많이 부과하도록 하였다. 세금은 헛간을 가지는 것에 대한 벌로 작용해 가진 동물들로 많은 헛간을 가지는 것에 대한 공포를 조장했다. 그러나 결과적으로는 헛간의 가격은 더욱 올랐다. 헛간을 사고 팔 때 주는 세금이 많아 헛간을 가진 동물(제이, 안토니오, 호세)들은 거래를 하지 않는 것이다. 차라리 그냥 자신이 가지는 게 나았다. 동물들은 이해가 가지 않았다. 그런 규율은 도대체 누구 생각으로 만든 것인가? 오히려 이것은 헛간이 없는 동물들을 더욱 궁지로 몰아넣는 것이 아닌가? 가진 동물들을 위한 규율이 아닌가?

동물들은 스노볼의 규율에 화가 치밀어 올랐고 다시 개정하라고 요구했다. 그러자 스노볼은 다시 한번 규율을 바꾸었다.

헛간을 2채 이상 가진 동물은 많은 세금을 내야 한다.

스노볼은 다시 한번 세금으로 동물들을 공격했다. 이번에는 헛간을 많이 가진 자들의 분노가 일어났다. 제이가 가장 크게 반발했다. 황금 집의 돼지 중 몇몇도 반대의견을 내놓았다. 자유로운 행복농장에서 많이 가진 것이 죄라고 하여 벌금을 부과하는 형식으로 가진 자들을 옥죄는 것은 옳지 않다며 다시 한번 개정하라고 했다.

그리고 놀라운 일이 일어났다. 헛간을 가진 동물들과 가지지 않은 동물들이 싸우고 있지 않은가! 헛간이 없는 동물들은 가진 자들이 자신의 것을 베풀지 않는다며 벌금을 부과하는 것은 당연하다고 말했다. 헛간이 있는 동물들은 헛간을 많이 가진 것이 죄냐고 가질 권리는 자유롭다고 했다. 두 종류의 동물들은 격하게 싸웠다. 서로가 양보도 없이 물어뜯고 싸우고 있었다. 마치 본능적인 원시적인 동물들과 같았다. 동물들이 싸워도 스노볼은 황금 집에서 창문으로 그들을 보고 있었다. 스노볼은 동물들을 보고 웃고 있었다. 그 웃음은 자신의 계획대로라는 웃음이었고 조롱과 깔보는 듯한 눈빛이었다.

그사이 농장에는 소문이 하나 돌았다. 지금 헛간을 사지 못하면 영원히 사지 못한다는 것이다. 농장의 상태로 볼 때 터무니없는 소문이 아니었고 동물들은 혹시나 하는 두려움에 헛간을 가지기를 원했다. 그러한 동물들의 수요는 헛간의 가격을 더욱 상승시켰다. 헛간을 가진 동물들이 높은 수요에 맞게 비싼 가격에 내놓았기 때문이다. 스노볼은 소문은 가짜라고 언제나 이야기했으나 스노볼의 말을 믿는 동물은 드물었다.

결국 스노볼은 큰 칼을 꺼내 들었다. 모든 헛간을 거래할 시에는 황금 집의 허락이 필요하다는 것이다. 터무니없는 가격으로 파는 것을 금지하고 옳지 않은 거래는 제한한다는 것이다. 또한 헛간을 2채 이상 가질 시 많은 것들이 제약된다는 것이다. 이는 모든 개들이 감시하고 결정한다고 하였다.

이 말은 가진 동물과 가지지 않은 동물들 모두 이해하기 어려운 행동이었다. 동물들은 이제 화가 났다. 하는 일마다 실패를 거듭하고 말로만 정의를 외치고 행동은 정의롭지 않았으며 이제는 농장을 파괴할 것이라는 생각도 들었다. 과거에는 열심히 일을 해 자신만의 헛간을 살 수 있었지만 이제는 그럴 수 없었다. 스노볼은 동물들의 희망을 꺾었다. 결국 닭들과 토끼들은 카프를 몰아낼 때 썼던 횃불을 다시 들었다. 그리고 다시 한번 광장에 모여 연신 스노볼을 농장에서 내쫓아야 한다는 말을 했다.

호세도 스노볼이 처음의 모습과 조금 다르다고 생각해 시위에 참가했다. 옳은 것을 찾고 모든 동물들을 위하는 스노볼이 이제는 정말 우리를 위하는가? 스노볼의 정의는 정말로 정의인가? 이런 생각을 하며 호세는 광장에 나왔다. 늠름한 말이 나오니 시위는 조금 더 힘이 생겼다.

미는 놀라서 그들 앞에 섰다.

"여러분, 이게 지금 뭐 하는 일입니까? 이런 혼란을 만들고 있다니요. 지금 붉은개미가 없어지지 않은 마당에 이런 모임은 옳지 않습니다. 우리 농장을 위해 모임은 자제하기를 부탁드립니다."

그러나 화가 난 동물들은 물러서지 않았다. 동물들은 연신 스노볼과 이야기하고 싶다며 그를 불렀지만 대답은 없었다. 그러나 모임은 하루 동안 계속되었고 밤이 되자 동물들은 각자의 헛간으로 갔다.

휴는 모이기 힘들었고 그래서 헛간에서 그들을 보고만 있었다. 그 옆에는 안토니오가 있었다. 평소에는 무심한 안토니오였지만 시위에 모인 동물들을 보며 혀를 차며 비판을 했다.

"저런 무지한 것들이 있습니까. 지금 시국이 어떤 시국인데, 저런 행동을 하는 것입니까. 같이 모여 있으면 붉은개미는 그들을 모두 물어 버릴 것입니다. 모이는 것은 나의 붉은개미를 모두에게 뿌리겠다는 것인데 어떻게 저런 행동을 할 수 있나요. 참으로 이기적이고 못된 동물들입니다. 모두 잡아서 농장에서 쫓아내야 합니다."

"지금 붉은개미로 인해 위험하다는 것은 누구나 아는 사실이네. 저기 모인 동물들도 모두 알고 있지. 모이면 언제 퍼질지 모른다는 것. 그러나 그들은 위험을 알고 있네. 누구보다 잘 알고 있지. 위험을 무릅쓰고도 지켜야 할 신념이 있다네. 정의가 바로 그 신념이라네. 자기 목숨이 위험할지도 모른다는 것을 알고도 신념을 지키기 위해 모인 동물들은 위대하지 않은가. 저 동물들은 이기적인 것이 아니라 이타적이라네. 자신을 희생하더라도 농장을 위해 몸을 바치는 자들, 그것이 지금 보이는 동물들이지."

"그건 붉은개미가 나아지고 모여도 되지 않나요? 왜 붉은개미가 아직 있는 농장에서 동물들이 다 같이 모이냐고요. 심지어 저들 중 몇몇은 모여서 옷도 제대로 입고 있지 않습니다. 저들은 스노볼을 비판할 자격이 없습니다. 일단 먼저 행동을 하고 요구를 해야죠. 저들은 그저 자신만 생각하는 동물입니다. 저들은 자신의 행동으로 따른 피해는 생각하지 않는다고요. 저렇게 모두 붉은개미를 가지고 헛간에 돌아온다면 농장 전체에 퍼지는 것은 순식간입니다. 농장을 생각한다면 저렇게 행동해서는 안 되지요. 저렇게 행동하는 동물들을 저는 지능을 가진 동물이라고 생각하지 않습니다."

"저들은 농장을 생각해서 저렇게 하는 것이라네. 지금 하는 이유는 더 늦으면 돌이킬 수 없기에 지금이라도 하는 것일세. 늦었다고 느낄 때는 이미 늦었네. 옛날로 돌아갈 수 없다는 것이야. 스노볼의 독재를 지금이라도 막아야 하네. 자네도 그렇게 생각하지 않는가?"

"저도 마찬가지입니다만 지금 모이지 않고 어서 종식되어서 한다면 더 좋지 않겠습니까. 일단은 다 같이 힘을 합쳐 모이는 것보다는 먼저 붉은개미로부터 벗어나는 것이 좋다고요."

이런저런 실랑이를 하면서 휴와 안토니오는 이야기를 했다. 대화는 끝도 없이 계속되었고 둘 다 이야기하다 지쳐 그 자리에서 잠에 빠져들었다.

스노볼은 동물들의 모임과 자신에 대한 반란에 크게 화가 난 듯했다. 다음 날 연설에서 스노볼은 농장 방역에 큰 위해를 끼치는 동물들이라며 그들을 비난했고 이제 5마리 이상의 모임은 금지한다고 했다. 이를 어길 시에는 개들이 그들을 쫓아낸다고 했다.

그럼에도 불구하고 시위는 이어졌다. 전보다 많은 동물들이 나오지는 않았지만 더 많은 닭들과 토끼들이 나왔다. 광장에 개들이 있었지만 그들은 용기를 내어 시위를 했다. 그 모습을 본 개들은 정말 그들을 쫓아내려 했다. 우두머리 개인 에이미는 그들을 물고 쫓아내라고 했다. 그러나 그 뒤를 따르는 로키는 같은 동물들을 탄압하는 일을 할 수는 없다며 에이미의 말을 거역했다. 그러자 화가 난 에이미는 자신의 말에 복종하지 않는 로키에게 이빨을 드러내며 그를 물어뜯었고 로키는 그 자리에서 죽임을 당했다. 순식간에 일어난 일이었다. 그러자 나머지 개들은 두려움에 휩싸여 광장에 모인 토끼들과 닭들 앞에 섰고 차마 같은 동물을 물 수는 없어 그들의 모임을 해산시켰다.

이 일이 있은 후 농장에서 개들은 조금 더 심하게 동물들을 감시했다. 새와 쥐는 먹이를 주는 스노볼에게 복종하여 스노볼을 험담하는 동물들이 있지는 않은지 매일 보고했다. 저번에는 닭 한 마리가 헛간에서 스노볼에 대한 험담을 말했다가 쥐에게 발각되어 쫓겨나기도 했다.

어느 날 농장에 인간들이 갑자기 찾아왔다. 모두 건장한 남성들이었다. 그들은 삽과 곡괭이들을 가지고 왔다. 동물들은 인간이 농장을 습격하는 줄 알고 걱정했다. 그러나 스노볼은 농장의 입구 앞에 먼저 나가서 그들을 환영했다. 그들은 스노볼과 함께 농장의 광장으로 걸어갔다. 그리고 그들은 농장의 땅을 삽으로 팠다. 넓은 광장이었지만 수십이 되는 인간들의 삽질로 농장에는 큰

구멍이 생겼다. 그리고 그들은 장미 묘목을 가지고 와 그곳에 심었다. 붉은 빛깔의 장미들은 그곳에 심어졌다. 아름답고 예쁜 장미였다.

그런데 장미가 뭔가 이상했다. 장미에서 냄새가 나지 않는 것이다. 자연적인 색이 아닌 무언가 이상해 보이는 줄기와 꽃봉오리는 이질감을 불러일으켰다. 궁금한 동물들은 그곳에 가서 자세히 보았다. 붉은 꽃은 천과 같은 재질에 꽃줄기는 살아있는 생동감이 없었다. 그리고 곧 동물들은 그 장미가 가짜인 것을 알 수 있었다. 아름답게 보였으나 향기는 없었다. 그러나 장미의 가시는 참으로 많았다. 날카로운 가시는 활짝 핀 장미의 무기였다. 인위적으로 만들어진 가시이나 뾰족하고 단단한 가시는 동물들을 다치게 할 수 있었다. 붉은빛과 가시를 품고 1년 내내 시들지 않는 장미는 광장에 빼곡히 채워졌다.

인간들이 모든 일을 마치고 돌아갔을 때 스노볼은 인조장미밭을 보면서 웃는 표정으로 동물들에게 말했다.

"황량한 광장에 이 얼마나 아름다운 것이오. 장미는 우리 농장을 조금 더 아름답게 만들어 줄 것입니다. 붉은개미병으로 힘들었던 과거를 청산하고 이제 새롭게 나아가자는 의미에서 만들었습니다. 이 아름다운 자연을 보면서 마음의 안정을 얻읍시다."

스노볼은 꾸며진 광장을 보며 흐뭇해했다. 동물들이 모일 수 있는 넓은 광장은 이제 장미의 것이었다. 동물들은 집단으로 모일 수 없었다. 장미는 아름답지만 동물들을 위협했다. 그렇게 농장에서 시위는 할 수 없게 되었다.

어느 날 길을 걷다가 휴는 광장의 나무에 걸려있는 스노볼의 약속을 무심코 보았다. 과연 그의 약속은 어떤 것이었는지 다시 한번 확인하고 싶어 그것을 자세하게 보았다. 그리고 옆에 제대로 이행했다면 동그라미를, 하지 않았다면 엑스를 쳤다.

1. 여러분과 소통하는 스노볼이 되겠습니다 (X)

2. 중요한 농장의 일은 바로 알려드리겠습니다 (X)

3. 일이 있으면 편하게 황금 집에 와서 이야기를 나누도록 하겠습니다 (X)

4. 가끔은 광장에서 여러분들과 많은 이야기를 하겠습니다 (X)

5. 문제가 있다면 여러분과 함께 해결하겠습니다 (X)

6. 튼튼한 농장을 만들겠습니다 (X)

7. 차별이 없는 평등한 농장을 만들겠습니다 (X)

8. 거짓말이 아닌 사실만을 말하겠습니다 (X)

9. 모든 동물들을 신경 쓰고 챙겨주겠습니다 (X)

10. 세상 어디에도 없는 농장을 만들겠습니다 (O)

⫸ 에필로그 ⫷

5년의 세월은 흐르고 흘러 산과 강이 변했다. 동물들과 농장은 그동안 많은 것들이 변했다.

농장에서 붉은개미는 이제 볼 수 없었다. 그동안 많은 시위는 붉은개미를 다시 활발하게 다시 활동시켰다. 놀랍게도 시위만 하면 붉은개미병은 다시 나타나는 것이다. 1주 후 동물들을 아프게 하는 병은 마치 1주 전부터 대기를 하고 있는 듯했다. 그러나 시간이 지나고 인간들이 붉은개미병을 낫게 하는 백신을 동물들에게 주입해 붉은개미병은 사라지게 되었다. 처음에 스노볼은 안전성을 이유로 백신 맞는 것을 거부했다. 그러나 제이가 인간 세상과 교류를 하면서 백신을 맞았다. 그 후로 제이가 건강하게 사는 것을 알게 된 동물들은 너도나도 백신을 원했고 결국 스노볼은 백신을 허용했다.

　동물들이 시위를 계속하자 스노볼은 매주 자신의 지지율을 발표했다. 지지율을 통해 자신이 최고 돼지에 있는 것이 얼마나 정당한지, 자신이 농장을 제대로 이끌어나가는 것인지 알아보기 위해서라고 했다. 지지율은 5마리의 동물을 대상으로 무작위로 선정되었다. 그리고 매주 4마리가 넘는 동물들이 스노볼을 지지한다고 나왔다. 어떤 일이 있어도 4마리 아래로 지지하는 경우는 나오지 않았다. 스노볼은 자신을 지지하는 동물이 많다는 것에 기뻐했다. 그러나 양을 제외한 동물 중 조사를 받은 동물은 없었다.

　염소 휴는 언제부터인가 보이지 않았다. 안토니오가 휴를 만나기 위해서 그의 헛간으로 찾아갔지만 그는 보이지 않았다. 처음에는 잠시 나간 것이라 생각했지만 1주일이 넘도록 오지 않는 것이다. 이에 안토니오는 개들에게 휴를 찾아 달라 했지만 개들은 휴가 산을 타다 미끄러져 아래로 낙사했다고 했다. 나이가 든 휴가 실수해서 그렇다고 했다. 휴가 산을 잘 타는 것은 누구나 알고 있는 사실인데 산에서 떨어지다니! 안토니오는 이해할 수 없었다. 나중에 돼지 한 마리가 휴를 산에서 밀어 죽였다는 소문이 돌았지만 곧 동물들은 점점 그를 잊어갔다.

　할머니 토끼 역시 죽었다. 나이가 들어도 귀 한쪽이 들리지 않아도 정신은 멀쩡했다. 그녀가 가는 길은 늘 올바른 길이였고 인생을 충실하게 살았다. 인간에게 당한 피해를 복수하기보다는 진정한 화합을 위하라는 말을 늘 했다. 그런 그녀가 세상을 떠나자 모든 동물들이 애도를 표하며 그녀의 마지막을 지켜보았다.

할머니 토끼가 세상을 떠나도 그녀를 위한 기부활동은 계속되었다. 인간들에게 항의한다는 명목이었다. 할머니 토끼는 죽기 전 인간과 화합을 통해 발전하는 농장의 미래를 만들어가야 한다 했지만 그 말을 듣는 동물은 토끼들밖에 없었다. 황금 집 돼지 중 한 마리도 이에 대해 옳지 않다고 비판했으나 쫓겨나고 말았다. 대다수 돼지들의 의견에 동의하지 않는다는 이유였다.

닭 한 마리도 쫓겨났다. 그 닭은 농장을 돌아다니며 모든 동물들에게 스노볼이 만들 농장의 미래를 설명했다. 그가 과거 인간들에 의해 사육당하는 농장을 만들 것이라고. 그리고 본인은 그 인간이 될 것이라고. 큰 목소리로 모두가 듣게 말했다. 그러나 그 닭은 곧바로 농장에서 개들에 의해 쫓겨났다. 시끄러운 소리로 동물들에게 피해를 주었다는 것을 죄명으로 쫓겨났다. 동물들은 그렇게 시끄럽지도 않았고 자신들은 괜찮다고 이야기했으나 스노볼은 단호하게 농장의 평화를 위해 그를 쫓아냈다.

농장의 경제 상황은 옛날과 같이 열정적으로 흘러가지 않았다.

풍차는 동물들에게 주는 임금을 줄여도 상황이 좋아지지 않았다. 모든 일에 대해 스노볼은 많은 양의 세금을 걷었기 때문이다. 풍차가 농장에게 바치는 세금은 날이 갈수록 더욱 많아졌다. 그렇지만 이에 대해 뭐라 하는 동물들은 없었다. 많은 루소를 가지고 있는 동물은 많이 내도 괜찮고 자신들의 일이 아니기 때문이다. 벌어들이는 루소가 없어지자 매일이 적자였고 결국 제이는 어찌할 수 없어 풍차의 모든 권리를 스노볼에게 위임했다. 풍차는 농장 그리고 스노볼의 소유가 되었다. 이제 스노볼은 풍차를 자신의 마음대로 이용이 가능했다.

풍차에서 밀을 재배하는 고정적인 동물은 이제 소나 말이 아니었다. 양들이었다. 힘이 센 동물이 아닌 모두가 평등하게 한다는 명목으로 스노볼은 추첨을 통해 풍차에서 일하는 동물을 골랐다. 그리고 그 추첨에서 선정된 동물은 양들이었다.

농장에 가난한 동물들은 수없이 많이 늘어났다. 자율적인 일자리가 없어 각자 일을 할 수 없었고 일을 하더라도 세금으로 대부분 내야 하기 때문이다. 비교적 루소를 보유하고 있던 안토니오와 호세도 많은 세금으로 인해 가난해졌다. 음식을 먹기에 루소는 턱없이 부족했다. 대신 가난한 동물들을 위해 하루에 한 번 음식배

급이 생겨났다.

대부분의 동물들은 스노볼의 풍차와 농장(과거에는 제이의 풍차였다)에서 가벼운 일을 하고 루소를 아주 약간 받았다. 스노볼의 지시에 따라 일을 하기 때문에 힘이 센 소와 말이 섬세한 작업을, 토끼들이 무거운 것을 나르는 일도 있었다. 그렇게 해서 받은 루소마저도 많은 세금을 걷고 난 뒤의 루소이기에 자신의 것은 매우 적었다. 기껏해야 하루에 달걀 한 개만 살 수 있는 루소였다. 그렇지만 가난한 동물들을 위해 배급을 해주었기 때문에 굶지는 않았다.

스노볼의 지시로 일을 하지 않고 장사를 하는 동물 역시 많은 양의 세금을 걷어갔다. 자신의 일을 하는 닭과 양이었다. 양은 풍차에서 고정적으로 일을 하고, 닭은 자신의 알을 팔아 장사를 했다. 그렇게 번 것도 스노볼은 세금으로 많은 양을 가져갔다.

동물들의 집도 스노볼과 돼지들의 소유가 많았다. 루소가 없는 동물들은 자신의 헛간을 농장에게 팔아 루소를 마련해 그것으로 식량을 먹었다. 헛간을 가지고 있던 안토니오와 호세도 자신의 헛간을 팔았다. 가진 헛간이 없는 동물들은 부유한 동물들에게 얹혀 살았다. 헛간에 사는 대신 일정량의 번 루소를 지급해야 했다.

결국 돼지들은 자신의 헛간이 많아지자 그것을 멧돼지에게 팔았다. 멧돼지도 같은 동물이며 사고팔 기회를 주어야 한다는 것이었다. 거래는 뒷벽에서 조용히 이루어졌다. 멧돼지는 농장에 들어올 수 없기에 헛간을 가진 채로만 있었다. 그러다 보니 농장의 헛간에는 빈 헛간이 많았다. 시간이 지나자 농장에는 멧돼지의 헛간이 더 많아졌다. 멧돼지의 농장인지 동물들의 농장인지 구분을 할 수 없었다.

농장의 규율은 그동안 많이 바뀌었다. 농장은 이제 정의와 도덕에 의해 돌아가지 않았다. 정의에 의한 규율이 아닌 규율에 의한 정의였다. 자유롭지 않은 행동, 사생활이 없는 행동, 도덕적이지 않은 행동도 규율이 모두 허용했다.

또한 대부분의 동물들이 이해할 만한 규율들은 없어지고 새로운 것들이 나타났다. 규율에 적혀있는 단어들은 모든 동물들이 이해하기 어려운 단어-새로운 협정, 공증, 기소유예-들이 많이 나타났고 동물들은 무슨 뜻인지 몰라 스노볼이 무슨 일을 하는지 알 수 없었다. 스노볼은 많은 규율을 한 번에 바꾸거나 만들지 않았다. 대신 조금씩 조금씩 바꾸고 만들었기에 시간이 많이 지나니 모든 규율들은 바뀌게 되었다. 그렇기 때문에 동물들은 자각하지 못했다.

안토니오는 그제야 휴의 말을 이해했다. 그가 왜 스노볼의 좋아하지 않았는지 미래를 위험하다고 한 것인지. 안토니오는 매일매일 후회했다. 그러나 이미 지난 일이었다. 이런 그의 말을 들어주고 이야기할 지혜로운 동물은 없었다.

어느 날, 모든 양들이 황금 집 방향으로 달려갔다. 그 모습을 본 아기 토끼는 무슨 일이 있나 싶어 양들을 따라가 보았다. 많은 양들이 걸어간 까닭에 흙먼지가 날려 쫓아가기 힘들었지만 아기 토끼는 눈을 크게 뜨고 양들을 따라갔다. 갑자기 흙먼지가 걷히고 시야가 맑아지면서 아기 토끼는 양들을 보았다. 그리고 두 눈을 의심했다. 양들이 하하 호호 웃으면서 자신의 목에 목줄을 채우고 있는 것이다! 인간들이 동물들을 사육하기 위한 목줄을 양들이 스스로 목에 목줄을 채우다니! 그런 목줄을 채우면서 양들은 웃고 있었다. 어떤 목줄인가? 누구에게 복종하는 목줄인가? 토끼는 의문점이 들었다.

그때 스노볼이 양들의 앞에 나타났다. 그것도 두 발로 걸으면서! 그리고 모든 양들을 훑어보았다. 한 마리 한 마리 목줄을 제대로 채웠는지 확인하면서 숫자를 세었다. 모든 양들이 목줄을 채운 것을 본 스노볼은 흡족한 미소를 지으며 목줄을 앞발로 잡고 그들을 어디론가 데리고 갔다. 마치 인간이 동물들을 데리고 길을 걷는 모습 같았다. 스노볼이 도착한 곳에는 헛간이 있었다. 거대한 헛간이 여러 군데 있었다.

직사각형의 모양을 가진 큰 헛간 안에는 중앙의 통로와 양옆의 공간이 있었다. 각 공간은 울타리로 나뉘어져 있었고 위에는 지붕이 있어 비를 막아줄 수 있었다. 그러나 벽이 없어 바람을 막지는 못했다. 비바람이 불면 그 안의 동물은 모두 젖을 것 같았다. 그리고 각자의 울타리 앞에는 여물통이 있었다. 과거 인간들이 동물들을 키우는 곳을 똑같이 재현한 것이다.

스노볼은 이 헛간에 양들의 이름을 하나씩 불렀다. 이름이 불린 양부터 헛간에 들어갔고 양들은 자신들의 헛간에게 할당된 헛간의 공간을 즐겼다. 온몸을 뒹굴면서 자신의 공간을 느꼈고 좁은 공간이지만 계속 헛간 안을 돌면서 믿기지 않는 듯한 행동을 보였다. 모든 양들이 즐기고 있을 때 스노볼은 힘차게 말했다.

"양들이여, 이것은 그대들의 헛간이요. 자신의 것을 마음껏 누립시다. 동물의 권리는 자유가 아니오. 우리가 살 수 있게 하는 헛간과 음식을 제공 받는 것이지. 우리가 살 수 있게 하는 것이 동물권의 기본이오. 자유? 동물들이 자유롭게 되면 반드시 농장에 혼란이 일어나게 되오. 붉은개미병이 창궐한 후 동물들의 모습을 보면답을 알 수 있을 것이오. 이것은 그대들이 보면서 잘 알고 있겠지. 그러니 긴 말 하지 않겠소. 모두가 헛간과 음식이 있는 곳에서 삽시다. 그것이 행복농장을 위하는 길이오!"

스노볼이 이야기를 하는 도중 돼지들이 여물을 들고 왔다. 돼지들도 두 발로 걸으면서 앞발로는 여물통을 들었다. 여물통 속의 여물은 누가 남긴 것인 듯 반으로 잘라져 있거나 썩어 있었다. 돼지들은 그 여물을 양들의 여물통에 넣어주었다.

"지금 배가 고플 것이니 이 음식을 먹으시오. 이제부터 음식은 아침 점심 저녁 이렇게 3번을 제공할 것이오. 임신을 하거나 수가 늘어나면 음식량을 늘리겠소. 그러나 그 전에 양을 늘리는 일은 없소. 음식은 농장의 상황으로 적절하게 분배가 될 것이오. 그러니 적다고 투정 부리지 마시오. 그것은 다른 동물들의 먹이를 뺏고 싶다는 것에 불과할 테니."

양들은 스노볼의 말이 끝나자마자 "동물들은 평등하다. 동물들은 평등하다."를 외쳤다. 그리고는 스노볼을 따라갔다. 스노볼은 양들을 이끌고 광장으로 갔다. 아기 토끼는 들키지 않게 조심스럽게 그들을 따라갔다. 숨죽여 가는 이유는 알 수 없었지만 직감이 답하고 있었다. 들키면 안 된다고. 광장으로 가는 길, 스노볼은 목줄을 앞발에 꽉 잡고 갔다. 스노볼의 발걸음이 느리면 양들도 느려

지고 빠르면 같이 빨라졌다. 이윽고 양들은 광장에 도착하자 "위대한 스노볼. 위대한 스노볼."을 외쳤고 수십 번을 말한 뒤에 스노볼이 앞발을 올리자 조용해졌다. 양들의 시끄러운 소리에 동물들은 광장으로 나왔고 스노볼에게 집중했다.

"헛간을 가지지 못한 동무들을 위해 나는 그대들을 위한 헛간을 지었소. 그리고 그 헛간에 들어간 동물들은 음식을 매일 배급하도록 하겠소. 우리 모두 많은 루소를 가지고 있는 동물들로 인해 피해를 입었지 않소? 그들만 가지고 있는 기본 물건들을 우리들도 이제 가져야 합니다. 모든 동물들은 평등합니다. 누구는 헛간이 있고 누구는 없는 것, 누구는 음식을 먹고 누구는 못 먹는 것이 평등한 것이 아니지요. 모든 헛간과 음식은 황금 집의 것이어야 합니다. 각자의 동물들과 루소가 이를 마음대로 하면 안 된다오. 황금 집이 모든 것을 관리하고 분배해야 하지요. 그래서 나는 가난한 동물들을 위해 헛간과 음식을 주려 하오. 헛간을 가지고 싶고 음식을 먹고 싶은 동무들은 모두 나를 따르시오."

많은 동물들은 이미 가난에 찌들어있어 헛간과 음식이 너무나 필요했다. 가난은 그들을 나락으로 떨어뜨렸고 굶주림과 추운 바람을 피할 수 있는 작은 손길이라도 잡을 수 있으면 뭐든 할 수 있었다. 스노볼은 동물들에게 황금 집 옆에 있는 헛간으로 모두 불렀다. 그곳에는 큰 헛간이 있었다. 양들과 같은 헛간이었다. 엉성하고 언제라도 무너질 듯한 공간이지만 헛간이 있었다. 그리고 앞에는 여물통이 있었다. 여물통에는 먹다 남은 음식 같은 것들이 보였지만 동물들은 너도나도 그 헛간에 들어가고 음식을 배급받고 싶어 했다. 스노볼은 그들을 모두 받아주었고 각자에게 어느 헛간에 살지 선정했다. 그리고 그 헛간에 들어가는 동물들은 모두 목줄을 차야 한다고 했다. 이유는 말하지 않았다. 그 순간 양들이 "모든 동물은 평등하다. 모든 동물은 평등하다."를 외쳤고 다른 동물들도 그에 동화된 듯 양들을 따라 외쳤다.

이제 그들은 모두 같은 헛간과 음식을 먹는 하나의 동물로 융합되었다. 차별과 불평등을 겪지 않고 모두가 스노볼의 아래에서 같은 취급을 받게 되었다. 음식과 헛간은 모두 제공 받아 루소로 인한 차별은 없을 것이다. 서로가 싸울 일도 없을 것이다. 헛간과 음식을 받은 모든 동물들은 스노볼을 찬양했다. 스노볼 하나로 모두는 단결했고 스노볼을 위해 일한다는 같은 목표로 그들은 살아갈 것이다. 스노볼을 찬양하지 않고 따르지 않는 동물은 개들에 의해 쫓겨날 것이다. 모두가 스노볼로 인해 하나로 뭉쳤고 이견 하나 없었다. 농장은 행복하게 되었다.

글에는 사람을 향한 마음이 있어야 한다.

권력에게 아부하는 글은 쓰지 않은 글보다도 못한다.

화려하지만 사람을 해치는 글보다 어설프지만

사람을 위한 글이 낫다.

이런 생각으로 서툴지만 글을 썼습니다.

부디 많은 사람들이 제 글을 보았으면 좋겠습니다.

무관심한 안토니오가 되지 않았으면 하는 바람입니다.

결말을 어떻게 할지 많이 생각하고 고민했습니다.

결국 지금 결말이 소설의 주제에 가장 맞을 것 같았습니다.

이 소설의 결말은 스노볼이 꿈꾸는 세상이니까요.

스노볼을 물리치기 위해서는 스노볼을 이해하고 알아야 합니다.
그래서 결말을 이렇게 한 것입니다.
스노볼은 무능하지 않습니다. 아주 유능하지요.
모든 것이 자신의 뜻대로 되어가고 있습니다.
가난한 동물을 많이 만드는 것이
스노볼의 꿈을 만들기 위한 기본전제니까요.

세계 많은 국가들이 자본주의국가입니다.
자본주의에 염증을 느낀 사람들은 공산주의를 원할지 모릅니다.
행복농장의 일만이 아닙니다. 전 세계적으로 일어날 현상이죠.
공산주의는 필연적으로 독재를 기반으로 합니다.
그렇기에 자유를 빼앗긴 대가는 참으로 가혹합니다.

저는 소설이 현실이 되지 않았으면 좋겠습니다.
그러기 위해서는 힘을 합쳐야지요.
동물들은 한마음으로 행동하고 개들은
그들을 지키는 사회가 되어야 합니다.
그런 사회가 되었으면 좋겠습니다.